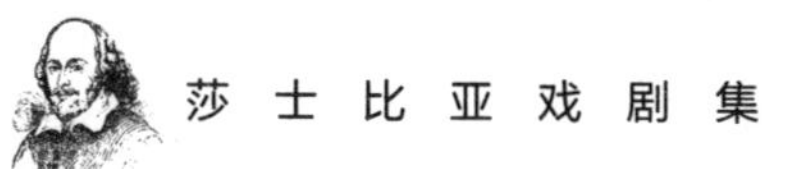

女王殉爱记·血海歼仇记

（英）威廉·莎士比亚 著　朱生豪 译

北方联合出版传媒(集团)股份有限公司
万卷出版公司

图书在版编目（CIP）数据

女王殉爱记·血海歼仇记 / （英）莎士比亚著 ; 朱生豪译. -- 沈阳 : 万卷出版公司, 2014.9
（莎士比亚戏剧集）
ISBN 978-7-5470-3188-9

Ⅰ. ①女… Ⅱ. ①莎… ②朱… Ⅲ. ①悲剧－剧本－作品集－英国－中世纪 Ⅳ. ①I561.33

中国版本图书馆CIP数据核字(2014)第196360号

女王殉爱记·血海歼仇记

责任编辑　周莉莉
出 版 者　北方联合出版传媒（集团）股份有限公司
　　　　　万卷出版公司
联系电话　024-23284090　010-57454988
经　　销　各地新华书店发行
印　　刷　北京一鑫印务有限责任公司
版　　次　2014年10月第1版
印　　次　2019年1月第2次印刷
成品尺寸　155mm×220mm
印　　张　14
字　　数　160千字
书　　号　978-7-5470-3188-9
定　　价　27.80元

目　录

女王殉爱记

剧中人物

人物	
玛克·安东尼	罗马三执政
奥克泰维斯·凯撒	
伊米力斯·莱必多斯	
塞克斯特斯·庞贝厄斯	
道密歇斯·爱诺巴勃斯	安东尼部下将佐
文提狄斯	
爱洛斯	
斯凯勒斯	
德西塔斯	
狄米特律斯	
菲罗	
茂西那斯	凯撒部下将佐
阿格立巴	
道拉培拉	
普洛丘里厄斯	
赛琉斯	
盖勒斯	
茂那斯	庞贝部下将佐
茂尼克拉提斯	
凡里厄斯	
陶勒斯　凯撒副将	

凯尼狄斯　安东尼副将

西里厄斯　文提狄斯属下裨将

尤弗洛涅斯　安东尼遣往凯撒处的使者

<table>
<tr><td>艾勒克萨斯</td><td rowspan="4">克莉奥佩特拉的侍从</td></tr>
<tr><td>玛狄恩</td></tr>
<tr><td>塞琉克斯</td></tr>
<tr><td>狄俄墨得斯</td></tr>
</table>

预言者

小丑

克莉奥佩特拉　埃及女王

奥克泰维娅　凯撒之妹，安东尼之妻

查米恩／伊拉丝　克莉奥佩特拉的侍女

将佐、兵士、使者及其他侍从等

地　点

罗马帝国各部

第一幕

第一场　亚历山大里亚。克莉奥佩特拉宫中一室

狄米特律斯及菲罗上。

菲罗　嘿，咱们主帅这样迷恋，真太不成话啦。从前他指挥大军的时候，他的英勇的眼睛像全身盔甲的战神一样发出棱棱的威光，现在却如醉如痴地尽是盯在一张黄褐色的脸上。他的大将的雄心曾经在激烈的鏖战里涨断了胸前的扣带，现在却失掉一切常态，甘愿做一具风扇，扇凉一个吉卜赛女人的欲焰。瞧！他们来了。

喇叭奏花腔。安东尼及克莉奥佩特拉率侍从上；太监掌扇随侍。

菲罗　留心看着，你就可以知道他本来是这世界上三大柱石之一，现在已经变成一个娼妇的弄人了，瞧吧。

克莉奥佩特拉　要是那真的是爱，告诉我多么深。

安东尼　可以量深浅的爱是贫乏的。

克莉奥佩特拉　我要立一个界限，知道你能够爱我到怎么一个极度。

安东尼　那么你必须发现新的天地。

一侍从上。

侍从　禀将军，罗马有信来了。

安东尼　讨厌！简简单单告诉我什么事。

克莉奥佩特拉　不，听听他们怎么说吧，安东尼。富尔维娅也许在生气了；也许那乳臭未干的凯撒会降下一道尊严的谕令来，吩咐你说，“做这件事，做那件事；征服这个国家，清除那个国家；照我的话执行，否则就要处你一个违抗命令的罪名。”

安东尼　怎么会，我爱！

克莉奥佩特拉　也许！不，那是非常可能的；你不能再在这儿逗留了；凯撒已经把你免职；所以听听他们怎么说吧，安东尼。富尔维娅签发的传票呢？我应该说是凯撒的？还是他们两人的？叫那送信的人进来。我用埃及女王的身分起誓，你在脸红了，安东尼；你那满脸的热血是你对凯撒所表示的敬礼；否则就是因为长舌的富尔维娅把你骂得不好意思。叫那送信的人进来！

安东尼　让罗马融化在台伯河的流水里，让广袤的帝国的高大的拱门倒塌吧！这儿是我的生存的空间。纷纷列国，不过是一堆堆泥土；粪秽的大地养育着人类，也养育着禽兽；生命的光荣存在于一双心心相印的情侣的及时互爱和热烈拥抱之中；（拥抱克莉奥佩特拉）这儿是我的永远的归宿；我们要让全世界知道，我们是卓立无比的。

克莉奥佩特拉 巧妙的谎话！他既然不爱富尔维娅，为什么要跟她结婚呢？我还是假作痴呆吧；安东尼就会回复他的本色的。

安东尼 没有克莉奥佩特拉鼓起他的活力，安东尼就是一个毫无生气的人。可是看在爱神和她那温馨的时辰分上，让我们不要把大好的光阴在口角争吵之中蹉跎过去；从现在起，我们生命中的每一分钟，都要让它充满了欢乐。今晚我们怎样玩？

克莉奥佩特拉 接见罗马的使者。

安东尼 嗳哟，淘气的女王！你生气、你笑、你哭，都是那么可爱；每一种情绪在你的身上都充分表现出它的动人的姿态。我不要接见什么使者，只要和你在一起；今晚让我们两人到市街上去逛逛，察看察看民间的情况。来，我的女王；你昨晚就有这样一个愿望的。不要对我们说话。（安东尼、克莉奥佩特拉及侍从同下。）

狄米特律斯 安东尼会这样藐视凯撒吗？

菲罗 先生，有时候他不是安东尼，他的一言一动，都够不上安东尼所应该具有的伟大的品格。

狄米特律斯 那些在罗马造谣的小人，把他说得怎样怎样不堪，想不到他竟会证实他们的话；可是我希望他明天能够改变他的态度。再会！（各下。）

第二场　同前。另一室

查米恩、伊拉丝、艾勒克萨斯及一预言者上。

查米恩　艾勒克萨斯大人，可爱的艾勒克萨斯，什么都是顶好的艾勒克萨斯，顶顶顶好的艾勒克萨斯，你在娘娘面前竭力推荐的那个算命的呢？我倒很想知道我的未来的丈夫，你不是说他会在他的角上挂起花圈吗？

艾勒克萨斯　预言者！

预言者　您有什么吩咐？

查米恩　就是他吗？先生，你能够预知未来吗？

预言者　在造化的无穷尽的秘籍中，我曾经涉猎一二。

艾勒克萨斯　把你的手让他相相看。

爱诺巴勃斯上。

爱诺巴勃斯　筵席赶快送进去；为克莉奥佩特拉祝饮的酒要多一些。

查米恩　好先生，给我一些好运气。

预言者　我不能制造命运，只能预知休咎。

查米恩　那么请你替我算出一注好运气来。

预言者　你将来要比现在更美好。

查米恩　他的意思是说我的皮肤会变得白嫩一些。

伊拉丝　不，你老了可以搽粉的。

查米恩　千万不要长起皱纹来才好！

艾勒克萨斯　不要打扰他的预言；留心听着。

查米恩　嘘！

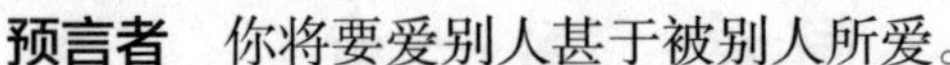

预言者　你将要爱别人甚于被别人所爱。

查米恩　那我倒宁愿让酒来燃烧我的这颗心。

艾勒克萨斯　不，听他说。

查米恩　好，现在可给我算出一些非常好的命运来吧！让我在一个上午嫁了三个国王，再让他们一个个死掉；让我在五十岁生了一个孩子，犹太的希律王都要向他鞠躬致敬；让我嫁给奥克泰维斯·凯撒，和娘娘做一个并肩的人。

预言者　你将要比你的女主人活得长久。

查米恩　啊，好极了！多活几天总是好的。

预言者　你的前半生的命运胜过后半生的命运。

查米恩　那么大概我的孩子们都是没出息的；请问我有几个儿子几个女儿？

预言者　要是你的每一个愿望都会怀胎受孕，你可以有一百万个儿女。

查米恩　啐，呆子！妖言惑众，恕你无罪。

艾勒克萨斯　你以为除了你的枕席以外，谁也不知道你在转些什么念头。

查米恩　来，来，替伊拉丝也算个命。

艾勒克萨斯　我们大家都要算个命。

爱诺巴勃斯　我知道我们今晚的命运，是喝得烂醉上床。

伊拉丝　从这一只手掌即使看不出别的什么来，至少可以看出一个贞洁的性格。

查米恩　正像从泛滥的尼罗河可以看出旱灾一样。

伊拉丝　去，你这浪蹄子，你又不会算命。

查米恩　嗳哟，要是一只滑腻的手掌不是多子的征兆，那么就是我的臂膊疯瘫了。请你为她算出一个平平常常的命运来。

预言者 你们的命运都差不多。

伊拉丝 怎么差不多？怎么差不多？说得具体些。

预言者 我已经说过了。

伊拉丝 难道我的命运一寸一分也没有胜过她的地方吗？

查米恩 好，要是你的命运比我胜过一分，你愿意在什么地方胜过我？

伊拉丝 不是在我丈夫的鼻子上。

查米恩 愿上天改变我们邪恶的思想！艾勒克萨斯，——来，他的命运，他的命运。啊！让他娶一个不能怀孕的女人，亲爱的爱昔斯女神，我求求你；让他第一个妻子死了，再娶一个更坏的；让他娶了一个又一个，一个不如一个，直到最坏的一个满脸笑容地送他戴着五十顶绿头巾下了坟墓！好爱昔斯[①]女神，你可以拒绝我其他更重要的请求，可是千万听从我这一个祷告；好爱昔斯，我求求你！

伊拉丝 阿门。亲爱的女神，俯听我们下民的祷告吧！因为正像看见一个漂亮的男人娶到一个淫荡的妻子，可以叫人心碎一样，看见一个奸恶的坏人有一个不偷汉子的老婆，也是会使人大失所望的；所以亲爱的爱昔斯，给他应得的命运吧！

查米恩 阿门。

艾勒克萨斯 瞧，瞧！要是她们有权力使我做一个王八，就是叫她们当婊子，她们也会干的。

爱诺巴勃斯 嘘！安东尼来了。

---

①爱昔斯（Isis），埃及神话中司丰饶蕃殖的女神。

查米恩 不是他，是娘娘。

克莉奥佩特拉上。

克莉奥佩特拉 你们看见主上吗？

爱诺巴勃斯 没有，娘娘。

克莉奥佩特拉 他刚才不是在这儿吗？

查米恩 不在，娘娘。

克莉奥佩特拉 他本来高高兴兴的，忽然一下子又触动了他的思念罗马的心。爱诺巴勃斯！

爱诺巴勃斯 娘娘！

克莉奥佩特拉 你去找找他，把他带到这儿来。艾勒克萨斯呢？

艾勒克萨斯 有，娘娘有什么吩咐？主上来了。

安东尼偕一使者及侍从等上。

克莉奥佩特拉 我不要见他；跟我去。（克莉奥佩特拉、爱诺巴勃斯、艾勒克萨斯、伊拉丝、查米恩、预言者及侍从等同下。）

使者 你的妻子富尔维娅第一个上战场。

安东尼 向我的兄弟路歇斯开战吗？

使者 是，可是那次战事很快就结束了，当时形势的变化，使他们捐嫌修好，合力反抗凯撒的攻击；在初次交锋的时候，凯撒就得到胜利，把他们驱出了意大利境外。

安东尼 好，还有什么最坏的消息？

使者 人们因为不爱听恶消息，往往会连带憎恨那报告恶消息的人。

安东尼 只有愚人和懦夫才会这样。说吧；已经过去的事，我决不再介意。谁告诉我真话，即使他的话里藏着死亡，我也会像听人家恭维我一样听着他。

使者 拉卜纳斯——这是很刺耳的消息——已经带着他的帕提亚

军队长驱直进，越过亚洲境界；沿着幼发拉底河岸，他的胜利的旌旗从叙利亚招展到吕底亚和爱奥尼亚；可是——

安东尼 可是安东尼却无所事事，你的意思是这样说。

使者 啊，将军！

安东尼 直捷痛快地把一般人怎么批评我的话告诉我，不要吞吞吐吐地怕什么忌讳；罗马人怎样称呼克莉奥佩特拉，你也怎样称呼她；富尔维娅怎样责骂我，你也怎样责骂我；尽管放胆指斥我的过失，无论它是情真罪当的，或者不过是恶意的讥弹。啊！只有这样才可以使我们反躬自省，平心静气地拔除我们内心的莠草，耕垦我们荒芜的德性。你且暂时退下。

使者 遵命。（下。）

安东尼 喂！从息些温来的人呢？

侍从甲 有没有从息些温来的人？

侍从乙 他在等候着您的旨意。

安东尼 叫他进来。我必须挣断这副坚强的埃及镣铐，否则我将在沉迷中丧失自己了。

另一使者上。

安东尼 你是什么人？

使者乙 你的妻子富尔维娅死了。

安东尼 她死在什么地方？

使者乙 在息些温。她的抱病的经过，还有其他更重要的事情，都在这封信里。（呈上书信。）

安东尼 下去。（使者乙下）一个伟大的灵魂去了！我曾经盼望她死；我们一时间的憎嫌，往往引起过后的追悔；眼前的欢愉冷淡了下来，便会变成悲哀；因为她死了，我才感念到她生前的好处；喜怒爱恶，都只在一转手之间。我必须割断情丝，离开这个迷人的女王；千万种我所意料不到的祸事已在我的怠惰之中萌蘖生长。喂！爱诺巴勃斯！

爱诺巴勃斯重上。

爱诺巴勃斯 主帅有什么吩咐？

安东尼 我必须赶快离开这儿。

爱诺巴勃斯 嗳哟，那么我们那些娘儿们一个个都要活不成啦。我们知道一件无情的举动会多么刺伤她们的心；要是她们见我们走了，她们一定会死的。

安东尼 我非去不可。

爱诺巴勃斯 要是果然有逼不得已的原因，那么就让她们死了吧；好端端把她们丢了，未免可惜，虽然在一个重大的理由之下，只好把她们置之不顾。克莉奥佩特拉只要略微听到了这一个风声，就会当场死去；我曾经看见她为了一点点的细事死过二十次。我想死神倒也是一个懂得怜香惜玉的多情种子，她总是死得那么容易。

安东尼 她的狡猾简直是不可思议的。

爱诺巴勃斯 唉！主帅，不，她的感情完全是从最纯洁微妙的爱心里提炼出来的。我们不能用风雨形容她的叹息和眼泪；它们是历书上从来没有记载过的狂风暴雨。这决不是她的狡猾，否则她就跟乔武一样有驱风召雨的神力了。

安东尼 但愿我从来没有看见她！

爱诺巴勃斯 啊，主帅，那您就要错过了一件神奇的杰作；失去这样的眼福，您的壮游也会大大地减色的。

安东尼 富尔维娅死了。

爱诺巴勃斯 主帅?

安东尼 富尔维娅死了。

爱诺巴勃斯 富尔维娅!

安东尼 死了。

爱诺巴勃斯 啊,主帅,快向天神举行一次感谢的献祭吧。旧衣服破了,裁缝会替人重做新的;一个妻子死了,天神也早给他另外注定一段姻缘。要是世上除了富尔维娅以外,再没有别的女人,那么您确是遭到了重大的打击,听见了这样的噩耗,也的确应该痛哭流涕;可是在这一段不幸之上,却有莫大的安慰;旧裙换了新裙,旧人换了新人;要是为了表示对于死者的恩情,必须洒几滴眼泪的话,尽可以借重洋葱的力量的。

安东尼 我不能不去料理料理她在国内的未了之事。

爱诺巴勃斯 您在这儿也有未了之事,不能抛开不管;尤其是克莉奥佩特拉的事情,她一刻也少不了您。

安东尼 不要一味打趣。把我的决心传谕我的部下。我要去向女王告知我们必须立刻出发的原因,请她放我们远走。因为不但富尔维娅的死讯和其他更迫切的动机在敦促我就道,而且我在罗马的许多同志也有信来恳求我急速回国。塞克斯特斯·庞贝厄斯已经向凯撒挑战,他的威力控制了海上的帝国;我们那些反复无常的民众——他们在一个人的生前从来不知道感激他的功德,一定要等他死了以后才会把他视若神明——已经开始把庞贝大王的一切尊荣加在他的儿子的身上;凭借着这样盛大的名誉和权力,再加上天赋高贵的血统和身世，他已经成为一个雄视一世的战士；要是让他的势力继续发展下去，全世界都会受到他的威胁。无数的变化正在酝酿之中，它们像初出卵的小蛇一样，虽然已经有了生命，它们的毒舌还不会伤人。你去通告我的手下将士，就说我命令他们准备立刻动身。

爱诺巴勃斯 我就去照您的话办。（各下。）

第三场 同前。另一室

克莉奥佩特拉、查米恩、伊拉丝及艾勒克萨斯上。

克莉奥佩特拉 他呢？

查米恩 我后来一直没看见他。

克莉奥佩特拉 瞧瞧他在什么地方，跟什么人在一起，在干些什么事。不要说是我叫你去的。要是你看见他在发恼，就说我在跳舞；要是他样子很高兴，就对他说我突然病了。快去快来。（艾勒克萨斯下。）

查米恩 娘娘，我想您要是真心爱他，这一种手段是不能取得他的好感的。

克莉奥佩特拉 我有什么应该做的事没有做过呢？

查米恩 您应该什么事都顺从他的意思，别跟他闹别扭。

克莉奥佩特拉 你是个傻瓜；听了你的教训，我就要永远失去他了。

查米恩 不要过分玩弄他；我希望您不要这样。人们对于他们所畏惧的人，日久之后，往往会心怀怒恨。可是安东尼来了。

安东尼上。

克莉奥佩特拉　我身子不舒服，心绪很恶劣。

安东尼　我觉得非常难于启口——

克莉奥佩特拉　搀我进去，亲爱的查米恩，我快要倒下来了；我这身子再也支持不住，恐怕不久于人世了。

安东尼　我的最亲爱的女王——

克莉奥佩特拉　请你站得离开我远一点。

安东尼　究竟为了什么事？

克莉奥佩特拉　就从你那双眼睛里，我知道一定有些好消息。那位明媒正娶的娘子怎么说？你去吧。但愿她从来没有允许你来！不要让她说是我把你羁留在这里；我作不了你的主，你是她的。

安东尼　天神知道——

克莉奥佩特拉　啊！从来不曾有过一个女王受到这样大的欺骗；可是我早就看出你是不怀好意的。

安东尼　克莉奥佩特拉——

克莉奥佩特拉　你已经不忠于富尔维娅，虽然你向神明旦旦而誓，为什么我要相信你会真心爱我呢？被这些随口毁弃的空口的盟誓所迷惑，简直是无可理喻的疯狂！

安东尼　最可爱的女王——

克莉奥佩特拉　不，请你不必找什么借口，你要去就去吧。当你要求我准许你留下的时候，才用得着你的花言巧语；那时候你是怎么也不想走的；我的嘴唇和眼睛里有永生的欢乐，我的弯弯的眉毛里有天堂的幸福；我身上的每一部分都带着天国的馨香。它们并没有变样，除非你这全世界最伟大的战士已经变成了最伟大的说谎者。

安东尼 嗳哟，爱人！

克莉奥佩特拉 我希望我也长得像你一样高，让你知道埃及女王也有一颗勇敢豪迈的心呢。

安东尼 听我说，女王：为了应付时局的需要，我不能不暂时离开这里，可是我的整个的心还是继续和你厮守在一起的。内乱的刀剑闪耀在我们意大利全境；塞克斯特斯·庞贝厄斯已经向罗马海口进发；国内两支势均力敌的军队，还在那儿彼此摩擦。不齿众口的人，只要培植起强大的势力，人心就会自然趋附他；被摈斥的庞贝仗着他父亲的威名，已经在不知不觉中取得那些现政局下失意分子的拥戴，他们人数众多，是罗马的心腹之患；蠢蠢思乱的人心，只要一旦起了什么剧烈的变化，就会造成不可收拾的混乱。关于我自己个人方面的，还有一个你可以放心让我走的理由，富尔维娅死了。

克莉奥佩特拉 年龄的增长虽然改不掉我的愚蠢，却能去掉我轻信人言的稚气。富尔维娅也会死吗？

安东尼 她死了，我的女王。瞧，请你有空读一读这封信，就知道她一手掀起了多少风波；我的好人儿，最后你还可以看到她死在什么时候、什么地方。

克莉奥佩特拉 啊，最负心的爱人！那应该盛满了你悲哀的泪珠的泪壶呢？现在我知道了，我知道了，富尔维娅死了，你是这个样子，将来我死了，我也推想得到你会怎样对待我。

安东尼 不要吵嘴了，静静地听我说明我的决意；要是你听了不以为然，我也可以放弃我的主张。凭着蒸晒尼罗河畔粘土的骄阳起誓，我现在离此他去，永远是你的兵士和仆人，或战或和，都遵照着你的意旨。

克莉奥佩特拉 解开我的衣带，查米恩，赶快；可是让它去吧，我是很容易害病，也很容易痊愈的。只消安东尼还懂得爱。

安东尼 我的宝贝女王，别说这种话，给我一个机会，试验试验我对你的真情吧。

克莉奥佩特拉 富尔维娅给了我一些教训。请你转过头去为她哀哭；然后再向我告别，就说那些眼泪是属于埃及女王的。好，扮演一幕绝妙的假戏，让它瞧上去活像真心的流露吧。

安东尼 你再说下去，我要恼了。

克莉奥佩特拉 你还可以表演得动人一些，可是这样也就不错了。

安东尼 凭着我的宝剑——

克莉奥佩特拉 和盾牌起誓。他越演越有精神了；可是这还不是他的登峰造极的境界。瞧，查米恩，这位罗马巨人的怒相有多么庄严。

安东尼 我要告辞了，陛下。

克莉奥佩特拉 多礼的将军，一句话。将军，你我既然必须分别——不，不是那么说；将军，你我曾经相爱过——不，也不是那么说；您知道——我想要说的是句什么话呀？唉！我的好记性正像安东尼一样，把什么都忘得干干净净了。

安东尼 倘不是为了你的高贵的地位，我就要说你是个无事嚼舌的女人。

克莉奥佩特拉 克莉奥佩特拉要是有那么好的闲情逸致，她也不会这样满腹悲哀了。可是，将军，原谅我吧；既然我的一举一动您都瞧不上眼，我也不知道怎样的行为才是适当的。您的荣誉在呼唤您去；所以不要听我的不足怜悯的痴心的哀求，愿所有的神明和您同在吧！愿胜利的桂冠悬在您的剑端，敌人到处俯伏在您的足下！

安东尼 我们去吧。来，我们虽然分离，实际上并没有分离；你住在这里，你的心却跟着我驰骋疆场；我离开了这里，我的心仍旧留下在你身边。走吧！（同下。）

第四场　罗马。凯撒府中一室

奥克泰维斯·凯撒、莱必多斯及侍从等上。

凯撒 你现在可以知道，莱必多斯，我不是因为气量狭隘，才这样痛恨我们这位伟大的同僚。从亚历山大里亚传来的消息，都说他每天钓钓鱼，喝喝酒，嬉游纵乐，彻夜不休，比克莉奥佩特拉更没有男人的气概，既不接见宾客使者，也不把他旧日的同僚放在心上；凡是众人所最容易犯的过失，都可以在他身上找到。

莱必多斯 他的一二缺陷，决不能掩盖住他的全部优点；他的过失就像天空中的星点一般，因为夜间的黑暗而格外显著；它们是与生俱来的，不是有意获得的；他这是连自己也无能为力，决不是存心如此。

凯撒 你太宽容了。即使我们承认淫乱了托勒密[1]王室的宫闱，为了一时的欢乐而牺牲了一个王国，和一个下贱的奴才对

---

①托勒密（Ptolemy），公元前三世纪至公元前一世纪埃及王室的名字。

坐饮酒，踏着蹒跚的醉步白昼招摇过市，和那些满身汗臭的小人互相殴打，这种种恶劣的行为，都算不得他的过失；即使安东尼果然有那样希世的威仪，能够不因这些秽德而减色，我们也绝对不能宽恕他，因为他的轻举妄动，已经加重了我们肩头的负担。假如他因为闲散无事，用醇酒妇人销磨他的光阴，那么即使过度的淫乐煎枯了他的骨髓，也只是他自作自受，不干别人的事；可是在这样国家多难的时候，他还是沉迷不返，就像一个已经能够明白事理的孩子，因为贪图眼前的欢乐而忘记父兄的教诲一样，我们不能不对他严辞谴责。

一使者上。

莱必多斯　又有什么消息来了。

使者　尊贵的凯撒，你的命令已经遵照实行，每一小时你都可以听到外边的消息。庞贝在海上的势力非常强大，那些因为畏惧而臣服凯撒的人，似乎都对他表示衷心的爱戴；不满意现状的，一个个都到海边投奔他。一般人都说罗马亏待了他。

凯撒　我应该早就料到这一点。人类的常情教训我们，一个人未在位的时候，是为众人所钦佩的，等到他一旦在位，大家就对他失去了信仰；受尽冷眼的失势英雄，身败名裂以后，也会受到世人的爱慕。群众就像漂浮在水上的菖蒲，随着潮流的方向而进退，在盲目的行动之中湮灭腐烂。

使者　凯撒，我还要报告你一件消息。茂尼克拉提斯和茂那斯，两个著名的海盗，啸集了大小船只，横行海上，四出剽掠，屡次侵犯意大利的海疆；沿海居民望风胆裂，年轻力壮的相率入伙，协同作乱；凡是出口的船舶，才离海岸，就被他们邀截而去；因为他们只要一提起庞贝的名字，就可以所向无敌。

凯撒 安东尼，离开你的荒唐的淫乐吧！你从前杀死了赫息斯和潘萨两个执政、从摩地那被逐出亡的时候，饥荒到处追随着你，你虽然是一个娇生惯养的人，却用无比的毅力和环境苦斗，忍受山谷野人所不堪忍受的苦难；你喝的是马尿和畜类嗅到了也会恶心的污水；吃的是荒野中粗恶生涩的浆果，甚至于像失食的牡鹿一样，当白雪铺盖牧场的时候，啃着树皮充饥；在阿尔卑斯山上，据说你曾经吃过腐烂的尸体，有些人看见这种东西是会惊怖失色的。我现在提起这些往事，虽然好像有伤你的名誉，可是当时你的确用百折不挠的战士的精神忍受这一切，你的神采奕奕的脸上，并不因此而现出一些憔悴的痕迹。

莱必多斯 可惜他不能全始全终。

凯撒 但愿他自知惭愧，赶快回到罗马来。现在我们两人必须临阵应战，所以应该立刻召集将士，决定方略；庞贝的势力是会在我们的怠惰之中一天一天强大起来的。

莱必多斯 凯撒，明天我就可以确实告诉你我能够在海陆双方集合多少的军力，应付当前的变局。

凯撒 我也要去调度一下。那么明天见。

莱必多斯 明天见，阁下。要是你听见外面有什么变动，请通知我一声。

凯撒 当然当然，那是我的责任。（各下。）

第五场　亚历山大里亚。宫中一室

克莉奥佩特拉、查米恩、伊拉丝及玛狄恩上。

克莉奥佩特拉　查米恩！

查米恩　娘娘！

克莉奥佩特拉　唉唉！给我喝一些曼陀罗汁。

查米恩　为什么，娘娘？

克莉奥佩特拉　我的安东尼去了，让我把这一段长长的时间昏睡过去吧。

查米恩　您太想念他了。

克莉奥佩特拉　啊！胡说！

查米恩　娘娘，我不敢。

克莉奥佩特拉　你，太监玛狄恩！

玛狄恩　陛下有什么吩咐？

克莉奥佩特拉　我现在不想听你唱歌；我不喜欢一个太监能作的任何事：好在你净了身子，再也不会胡思乱想，让你的一颗心飞出埃及。你也有爱情吗？

玛狄恩　有的，娘娘。

克莉奥佩特拉　当真！

玛狄恩　当真不了的，娘娘，因为我干不来那些伤风败俗的行为；可是我也有强烈的爱情，我常常想起维纳斯和马斯所干的事。

克莉奥佩特拉　啊，查米恩！你想他现在是在什么地方？他是站着还是坐着？他在走吗？还是骑在马上？幸运的马啊，你能够把安东尼驮在你的身上！出力啊，马儿，你知道谁骑着你吗？他是撑持着半个世界的巨人，全人类的勇武的干城哩。他现在在说话了，也许他在低声微语，“我那古老的尼罗河畔的花蛇呢？”因为他是这样称呼我的。现在我在用最美味的毒药陶醉我自己。他在想念我吗，我这被福玻斯的热情的眼光烧灼得遍身黝黑、时间已经在我额上留下深深皱纹的人？阔面广颐的凯撒啊，当你大驾光临的时候，我还只是一个少不更事的女郎，伟大的庞贝老是把他的眼睛盯在我的脸上，好像永远舍不得离开一般。

艾勒克萨斯上。

艾勒克萨斯 埃及的女王，万岁！

克莉奥佩特拉 你和玛克·安东尼是多么不同！可是因为你是从他的地方来的，你的身上也带着几分他的光彩了。我的勇敢的玛克·安东尼怎样？

艾勒克萨斯 亲爱的女王，他在无数次的热吻以后，最后吻着这一颗东方的珍珠。他的话紧紧粘在我的心上。

克莉奥佩特拉 那就要靠我的耳朵来摘取了。

艾勒克萨斯 他说，“好朋友，你去说，那忠实的罗马人把这一颗蚌壳里的珍宝献给伟大的埃及女王；请她不要嫌这礼物的菲薄，因为我还要为她征服无数的王国，让它们在她富饶的王座之下臣服纳贡；你对她说，所有东方的国家，都要称她为它们的女王。”于是他点了点头，很庄严地骑上了一匹披甲的骏马；我虽然还想对他说话，可是那马儿的震耳的长嘶，把一切声音全都盖住了。

克莉奥佩特拉 啊！他是忧愁的还是快乐的？

艾勒克萨斯 就像在盛暑和严寒之间的季候一样，他既不忧愁也不快乐。

克莉奥佩特拉 多么平衡沉稳的性情！听着，听着，查米恩，这才是一个男子；可是听着。他并不忧愁，因为他必须把他的光辉照耀到那些仰望他的人的脸上；他并不快乐，那似乎告诉他们他的眷念是和他的欢乐一起留在埃及的；可是在这两者之间，啊，神圣的混合，无论你忧愁或快乐，那强烈的情绪都可以显出你的可爱，没有一个人能够比得上你。你碰见我的使者吗？

艾勒克萨斯 是，娘娘，我碰见二十个给您送信的人。为什么您这样接连不断地叫他们寄信去？

克莉奥佩特拉 谁要是在我忘记寄信给安东尼的那一天出世的，一定穷苦而死。查米恩，拿墨水和信纸来。欢迎，我的好艾勒克萨斯。查米恩，我曾经这样爱过凯撒吗？

查米恩 啊，那勇敢的凯撒！

克莉奥佩特拉 让另外一句感叹窒塞了你的咽喉吧！你应该说勇敢的安东尼。

查米恩 威武的凯撒！

克莉奥佩特拉 凭着爱昔斯女神起誓，你要是再把凯撒的名字和我的唯一的英雄相提并论，我要打得你满口出血了。

查米恩 请娘娘开恩恕罪，我不过把您说过的话照样说说罢了。

克莉奥佩特拉 那时候我年轻识浅，我的热情还没有煽起，所以才会说那样的话！可是来，我们进去吧；把墨水和信纸给我。他将要每天收到一封信，要不然我要把埃及全国的人都打发去为我送信。（同下。）

第二幕

第一场　墨西拿。庞贝府中一室

庞贝、茂尼克拉提斯及茂那斯同上。

庞贝　伟大的天神们假如是公平正直的，他们一定会帮助理直辞正的人。

茂尼克拉提斯　尊贵的庞贝，天神对于他们所眷顾的人，也许给他一时的留难，但决不会长久使他失望。

庞贝　当我们还在向他们神座之前祈求的时候，也许我们的希望已经毁灭了。

茂尼克拉提斯　我们昧于利害，往往所祈求的反而对我们自己有损无益；聪明的天神拒绝我们的祷告，正是玉成我们的善意；我们虽然所愿不遂，其实还是实受其利。

庞贝　我一定可以成功：人民这样爱戴我，海上的霸权已经操在我的手里；我的势力正像上弦月一样逐渐扩展，终有一天会变成一轮高悬中天的满月。玛克·安东尼正在埃及闲坐宴饮，懒得出外作战；凯撒搜括民财，弄得众怒沸腾；莱必多斯只知道两面讨好，他们两人也对他假意殷勤，可是他对他们两人既然并无好感，他们两人也不把他放在心上。

茂那斯 凯撒和莱必多斯已经上了战场；他们带着一支很强大的军队。

庞贝 你从什么地方听到这个消息？那是假的。

茂那斯 西尔维斯说的，主帅。

庞贝 他在做梦；我知道他们都在罗马等候着安东尼。淫荡的克莉奥佩特拉啊，但愿一切爱情的魔力柔润你的褪了色的朱唇！让妖术和美貌互相结合，再用淫欲加强它们的魅力！把这浪子围困在酒色阵里，让他的头脑终日昏迷；美味的烹调刺激他的食欲，醉饱酣眠销磨了他的雄心，直到长睡不醒的一天！

凡里厄斯上。

庞贝 啊，凡里厄斯！

凡里厄斯 我要报告一个非常确实的消息：玛克·安东尼快要到罗马了；他早已离开埃及，算起日子来应该早到了。

庞贝 我真不愿相信这句话。茂那斯，我想这位好色之徒未必会为了这样一场小小的战争而披起他的甲胄来。讲到他的将才，的确要比那两个人胜过一倍；要是我们这一次行动，居然能够把沉缅女色的安东尼从那埃及寡妇的怀中惊醒起来，那倒很可以抬高我们的身价。

茂那斯 我想凯撒和安东尼未必能够彼此相容；他的已故的妻子

曾经得罪凯撒，他的兄弟也和凯撒动过刀兵，虽然我想不是出于安东尼的指使。

庞贝 茂那斯，我不知道他们大敌当前，会不会捐弃私人间的嫌怨。倘不是我向他们三人揭起了挑战的旗帜，他们大概就会自相火并的，因为他们彼此间的积恨，已经到了剑拔弩张的境地了；可是我们还要看看同仇敌忾的心理究竟能够把他们团结到什么程度。一切依照神明的意旨吧！我们的成败存亡，全看我们能不能运用坚强的手腕。来，茂那斯。（同下。）

第二场　罗马。莱必多斯府中一室

爱诺巴勃斯及莱必多斯上。

莱必多斯 好爱诺巴勃斯，你要是能够劝告你家主帅，请他在说话方面温和一些，那就是做了一件大大的好事了。

爱诺巴勃斯 我要请他按照他自己的本性说话；要是凯撒激恼了他，让安东尼向凯撒睥睨而视，发出像战神一样的怒吼吧。凭着朱庇特起誓，要是安东尼的胡子装在我的脸上，我今天决不愿意修剪。

莱必多斯 现在不是闹私人意气的时候。

爱诺巴勃斯 要是别人有意寻事，那就随时都可以闹起来的。

莱必多斯 可是我们现在有更重大的问题，应该抛弃小小的争执。

爱诺巴勃斯 要是小小的争执在前，重大的问题在后，那就不能这么说。

莱必多斯 你的话全然是感情用事；可是请你不要拨起火灰来。尊贵的安东尼来了。

安东尼及文提狄斯上。

爱诺巴勃斯 凯撒也打那边来了。

凯撒、茂西那斯及阿格立巴上。

安东尼 要是我们在这儿相安无事，你就到帕提亚去；听着，文提狄斯。

凯撒 我不知道，茂西那斯；问阿格立巴。

莱必多斯 尊贵的朋友们，非常重大的事故把我们联合在一起，让我们不要因为细微的小事而彼此参商。各人有什么不痛快的地方，不妨平心静气提出来谈谈；要是为了一点小小的意见而弄得面红耳赤，那就不单是见伤不救，简直是向病人行刺了。所以，尊贵的同僚们，请你们俯从我的诚恳的请求，用最友好的态度讨论你们最不愉快的各点，千万不要意气用事，处理当前的大事是主要的。

安东尼 说得有理。即使我们现在彼此以兵戎相见，也应该保持这样的精神。

凯撒 欢迎你回到罗马来！

安东尼 谢谢你。

凯撒 请坐。

安东尼 请坐。

凯撒 那么有僭了。

安东尼 听说你为了一些捕风捉影，或者和你毫不相干的事情，心里不大痛快。

凯撒 要是我无缘无故，或者为了一些小小的事情而生起气来，尤其是生你的气，那不是笑话了吗？要是你的名字根本用不着我提在嘴上，我却好端端把它诋毁，那不更是笑话了吗？

安东尼 凯撒，我在埃及跟你有什么相干？

凯撒 本来你在埃及，就跟我在罗马一样，大家都是各不相干的；可是假如你在那边图谋危害我的地位，那我就不能不把它当作一个与我有关的问题了。

安东尼 你说我图谋危害是什么意思？

凯撒 你只要看看我在这儿遭到些什么事情，就可以懂得我的意思。你的妻子和兄弟都向我宣战，他们用的都是你的名义。

安东尼 你完全弄错了；我的兄弟从来没有让我与闻他的行动。我曾经调查这件事情的经过，从几个和你交锋过的人的嘴里听到确实的报告。他不是把你我两人一律看待，同样向我们两人的权力挑战吗？我早就有信给你，向你解释过了。你要是有意寻事，应该找一个更充分的理由，这样的借口是不能成立的。

凯撒 你推托得倒很干净，可是太把我看得不明事理啦。

安东尼 那倒不是这样说；我相信你一定不会不想到，他既然把我们两人同时作为攻击的目标，我当然不会赞许他这一种作乱的行为。至于我的妻子，那么我希望你也有一位像她这样强悍的夫人：三分之一的世界在你的统治之下，你可以很容易地把它驾驭，可是你永远驯伏不了这样一个妻子。

爱诺巴勃斯 但愿我们都有这样的妻子，那么男人可以和女人临阵对垒了！

安东尼 凯撒，她的脾气实在太暴躁了，虽然她也是个精明强干的人；我很抱歉她给了你很大的烦扰，你必须原谅我没有力量控制她。

凯撒 你在亚历山大里亚喝酒作乐的时候，我有信写给你；你却把我的信置之不理，把我的使者一顿辱骂赶出去。

安东尼 阁下，这是他自己不懂礼节。我还没有叫他进来，他就莽莽撞撞走到我的面前；那时候我刚宴请过三个国王，不免有些酒后失态；可是第二天我就向他当面说明，那也等于向他道歉一样。让我们不要把这个人作为我们争论的题目吧；我们即使反目，也不要把他当作借口。

凯撒 你已经破坏盟约，我却始终信守。

莱必多斯 得啦，凯撒！

安东尼 不，莱必多斯，让他说吧；这是攸关我的荣誉的事，果然如他所说，我就是一个不讲信义的人了。说，凯撒，我怎么破坏了盟约。

凯撒 我们有约在先，当我需要你的助力的时候，你必须举兵相援，可是你却拒绝我的请求。

安东尼 那是我一时糊涂，疏忽了我的责任；我愿意向你竭诚道歉。我的诚实决不会减低我的威信；失去诚实，我的权力也就无法行施。那个时候我实在不知道富尔维娅为了希望我离开埃及，已经在这儿发动战事。在这一点上，我应该请你原谅。

莱必多斯 这才是英雄的口气。

茂西那斯 请你们两位不要记念旧恶，还是合力同心，应付当前的局势吧。

莱必多斯 说得有理，茂西那斯。

爱诺巴勃斯 或者你们可以暂时做一会儿好朋友，等到庞贝的名字不再被人提起以后，你们没有别的事情可做，不妨旧事重提，那时候尽你们去争吵好了。

安东尼 你是个武夫，不要胡说。

爱诺巴勃斯 老实人是应该闭口不言的，我倒几乎忘了。

安东尼 少说话，免得伤了在座众人的和气。

爱诺巴勃斯 好，好，我就做一块小心翼翼的石头。

凯撒 他的出言虽然莽撞，却有几分意思；因为我们的行动这样互相背驰，要维持长久的友谊是不可能的。不过要是我知道有什么方法可以加强我们的团结，那我即使踏遍天涯去访求也是愿意的。

阿格立巴 允许我说一句话，凯撒。

凯撒 说吧，阿格立巴。

阿格立巴 你有一个同母姊妹，贤名久播的奥克泰维娅；玛克·安东尼现在是一个鳏夫。

凯撒 不要这样说，阿格立巴；要是给克莉奥佩特拉听见了，少不了一顿骂。

安东尼 我没有妻室，凯撒；让我听听阿格立巴有些什么话说。

阿格立巴 为了保持你们永久的和好，使你们成为兄弟，把你们的心紧紧结合在一起，让安东尼娶奥克泰维娅做他的妻子吧；她的美貌配得上世间第一等英雄，她的贤德才智胜过任何人所能给她的誉扬。缔结了这一段姻缘以后，一切现在所看得十分重大的猜嫉疑虑，一切对于目前的危机所感到的严重的恐惧，都可以一扫而空；现在你们把无稽的传闻看得那样认真，到了那时候，真正的事实也都可以一笑置之了；她对于你们两人的爱，一定可以促进你们两人间的情谊。请你们恕我冒昧，提出了这样一个意见；这并不是我临时想起来的，我觉得自己责任所在，早就把这意思详细考虑过了。

安东尼 凯撒愿意表示他的意见吗？

凯撒 他必须先听听安东尼对于这番话有什么反应。

安东尼 要是我说，“阿格立巴，照你的话办吧，”阿格立巴有什么力量，可以使它成为事实呢？

凯撒 凯撒有这样的力量，他可以替奥克泰维娅作主。

安东尼 但愿这一件大好的美事没有一点阻碍，顺利达到了我们的愿望！把你的手给我；从现在起，让兄弟的友爱支配着我们远大的计划！

凯撒 这儿是我的手。我给了你一个妹妹，没有一个兄长爱他的妹妹像我爱她一样；让她联系我们的王国和我们的心，永远不要彼此离贰！

莱必多斯 但愿如此。阿门！

安东尼 我不想对庞贝作战，因为他最近对我礼意非常优渥，我必须先答谢他的盛情，免得被他批评我无礼；然后我再责问他兴师犯境的理由。

莱必多斯 时间不容我们犹豫；我们倘不立刻就去找庞贝，庞贝就要来找我们了。

安东尼 他驻屯在什么地方？

凯撒 在密西嫩山附近。

安东尼 他在陆地上的实力怎样？

凯撒 很强大，而且每天都在扩充；可是在海上他已经握有绝对的主权。

安尔尼 外边的传说正是这样。我们大家早一点商量商量就好了！事不宜迟；可是在我们穿上武装以前，先把刚才所说的事情办好吧。

凯撒 很好，我现在就带你到舍妹那儿去，介绍你们见见面。

安东尼 去吧；莱必多斯，你也必须陪我们去。

莱必多斯 尊贵的安东尼，即使有病我也要扶杖追随的。（喇叭奏花腔。凯撒、安东尼、莱必多斯同下。）

茂西那斯 欢迎你从埃及回来，朋友！

爱诺巴勃斯 凯撒的心腹，尊贵的茂西那斯！我的正直的朋友阿格立巴！

阿格立巴 好爱诺巴勃斯！

茂西那斯 事情这样圆满解决，真是可喜。你在埃及将养得很好。

爱诺巴勃斯 是的，老兄；我们白天睡得日月无光，夜里喝得天旋地转。

茂西那斯 听说十二个人吃一顿早餐，烤了八口整个的野猪，有这回事吗？

爱诺巴勃斯 这不过是大鹰旁边的一只苍蝇而已；我们还有更惊人的豪宴，那说来才叫人咋舌呢。

茂西那斯 她是一位非常豪华的女王，要是一般的传说没有把她夸张过分的话。

爱诺巴勃斯 她在昔特纳斯河上第一次遇见玛克·安东尼的时候，就把他的心捉住了。

阿格立巴 我也听见说他们在那里会面。

爱诺巴勃斯 让我告诉你们。她坐的那艘画舫就像一尊在水上燃烧的发光的宝座；舵楼是用黄金打成的；帆是紫色的，熏染着异香，逗引得风儿也为它们害起相思来了；桨是白银的，随着笛声的节奏在水面上下，使那被它们击动的痴心的水波加快了速度追随不舍。讲到她自己，那简直没有字眼可以形容；她斜卧在用金色的锦绸制成的天帐之下，比图画上巧夺天工的维纳斯女神还要娇艳万倍；在她的两旁站着好几个脸上浮着可爱的酒涡的小童，就像一群微笑的丘匹德一样，手里执着五彩的羽扇，那羽扇的风，本来是为了让她柔嫩的面颊凉快一些的，反而使她的脸色变得格外绯红了。

阿格立巴 啊！安东尼看见这样一位美人，真是几生有幸！

爱诺巴勃斯 她的侍女们像一群海上的鲛人神女，在她眼前奔走服侍，她们的周旋进退，都是那么婉娈多姿；一个作着鲛人装束的女郎掌着舵，她那如花的纤手矫捷地执行她的职务，沾沐芳泽的丝缆也都得意得心花怒放了。从这画舫之上散出一股奇妙扑鼻的芳香，弥漫在附近的两岸。倾城的仕女都出来瞻望她，只剩安东尼一个人高坐在市场上，向着空气吹啸；那空气倘不是因为填充空隙的缘故，也一定飞去观看克莉奥佩特拉，而在天地之间留下一个缺口了。

阿格立巴 希有的埃及人！

爱诺巴勃斯 她上了岸，安东尼就遣使请她晚餐；她回答说他是客人，应当让她自己尽东道之谊，请他进宫赴宴。我们这位娴习礼仪的安东尼是从来不曾在一个妇女面前说过一个"不"字的，整容十次方才前去；这一去不打紧，为了他眼睛所享受的盛餐，他把一颗心付了下来，作为一席之欢的代价了。

阿格立巴 了不得的女人！怪不得我们从前那位凯撒为了她竟放下刀枪，安置在她的床边：他耕耘，她便发出芽苗。

爱诺巴勃斯 我有一次看见她从市街上奔跳过去，一边喘息一边说话；那吁吁娇喘的神气，也是那么楚楚动人，在她破碎的语言里，自有一种天生的媚力。

茂西那斯 现在安东尼必须把她完全割舍了。

爱诺巴勃斯 不，他决不会丢弃她，年龄不能使她衰老，习惯也腐蚀不了她的变化无穷的伎俩；别的女人使人日久生厌，她却越是给人满足，越是使人饥渴；因为最丑恶的事物一到了她的身上，也会变成美好，即使她在卖弄风情的时候，神圣的祭司也不得不为她祝福。

茂西那斯 要是美貌、智慧和贤淑可以把安东尼的心安定下来，那么奥克泰维娅是他的一位很好的内助。

阿格立巴 我们走吧。好爱诺巴勃斯，当你在这儿停留的时候，请你做我的客人吧。

爱诺巴勃斯 多谢你的好意。（同下。）

第三场　同前。凯撒府中一室

凯撒、安东尼、奥克泰维娅（居二人之间）及侍从等上。

安东尼 这广大的世界和我的重要的职务，使我有时不能不离开你的怀抱。

奥克泰维娅　当你出去的时候，我将要长跪神前，为你祈祷。

安东尼　晚安，阁下！我的奥克泰维娅，不要从世间的传说之中诵读我的缺点；我过去诚然有行止不检的地方，可是从今以后，一定循规蹈矩。晚安，亲爱的女郎！

奥克泰维娅　晚安，将军！

凯撒　晚安！（凯撒、奥克泰维娅同下。）

预言者上。

安东尼　喂，我问你，你想不想回埃及去？

预言者　我希望我从来没有离开埃及，我更希望你从来没有到过埃及！

安东尼　你能够告诉我你的理由吗？

预言者　我心里明白，嘴里却说不出来。可是我看你还是赶快到埃及去吧。

安东尼　对我说，将来是凯撒的命运强，还是我的命运强？

预言者　凯撒的命运强。所以，安东尼啊！不要留在他的旁边吧。你的本命星是高贵勇敢、一往无敌的，可是一挨近凯撒的身边，它就黯然失色，好像被他掩去了光芒一般；所以你应该和他离得远一点儿才好。

安东尼　不要再提起这些话了。

预言者　这些话我只对你说；别人面前我可再也不提起。你无论跟他玩什么游戏，一定胜不过他，因为他有那种天赋的幸运，即使明明你比他本领高强，他也会把你击败。凡是他的光辉所在，你的光总是黯淡的。我再说一句，你在他旁边的时候，你的本命星就会惴惴不安，失去了主宰你的力量，可是他一走开，它又变得不可一世了。

安东尼 你去对文提狄斯说，我要跟他谈谈。（预言者下）他必须到帕提亚去。这家伙也许果然能够知道过去未来，也许给他偶然猜中，说的话倒很有道理。就是骰子也会听他的话；我们在游戏之中，虽然我的技术比他高明，总敌不过他的手风顺利；抽签的时候，总是他占便宜；无论斗鸡斗鹑，他都能够以弱胜强。我还是到埃及去；虽然为了息事宁人而缔结了这门婚事，可是我的快乐是在东方。

文提狄斯上。

安东尼 啊！来，文提狄斯，你必须到帕提亚去一次；你的委任文书已经办好了，跟我来拿吧。（同下。）

第四场　同前。街道

莱必多斯、茂西那斯及阿格立巴上。

莱必多斯 不劳远送，请两位催促你们的主帅早日就道。

阿格立巴 将军，等玛克·安东尼和奥克泰维娅温存一下，我们就会来的。

莱必多斯 那么等你们披上戎装以后，我再跟你们相见吧。

茂西那斯 照路程计算起来，莱必多斯，我们可以比你先到密西嫩山。

莱必多斯 你们的路程要短一些；我因为还有其他的任务，不能不多绕一些远路。你们大概比我先到两天。

茂西那斯、阿格立巴 将军，祝你成功！

莱必多斯 再会！（各下。）

第五场　亚历山大里亚。宫中一室

克莉奥佩特拉、查米恩、伊拉丝、艾勒克萨斯及侍从等上。

克莉奥佩特拉　给我奏一些音乐；对于我们这些以恋爱为职业的人，音乐是我们忧郁的食粮。

侍从　奏乐！

玛狄恩上。

克莉奥佩特拉　算了；我们打弹子吧。来，查米恩。

查米恩　我的手腕疼；您跟玛狄恩打吧。

克莉奥佩特拉　女人跟太监玩，就像女人跟女人玩一样。来，你愿意陪我玩玩吗？

玛狄恩　我愿意勉力奉陪，娘娘。

克莉奥佩特拉　心有余而力不足，那一片好意，总是值得嘉许的。我现在也不要打弹子了。替我把钓竿拿来，我们到河边去；你们在远远的地方奏着音乐，我就把钓竿放下去，诱那长着赭色鳍片的鱼儿上钩；我的弯弯的钓钩要钩住它们滑溜溜的嘴巴；当我拉起它们来的时候，我要把每一尾鱼当作一个安东尼，我要说，"啊哈！你可给我捉住啦！"

查米恩　那一次您跟他在一起钓鱼，你们还打赌哩；他不知道您已经叫一个人钻在水里，悄悄把一条腌鱼挂在他的钓钩上了，而他还当是什么好东西，拚命地往上提，想起来真是有趣得很。

克莉奥佩特拉　唉，提起那些话，真叫人不胜今昔之感！那时候我笑得他老羞成怒，可是一到晚上，我又笑得他回嗔作喜；第二天早晨我在九点钟以前就把他麻醉上床，替他穿上我的衣帽，我自己佩带了他那柄腓力比的宝剑。

一使者上。

克莉奥佩特拉　啊！从意大利来的；我的耳朵里久已不听见消息了，你有多少消息，一起把它们塞了进去吧。

使者　娘娘，娘娘——

克莉奥佩特拉　安东尼死了！你要是这样说，狗才，你就杀死你的女主人了；可是你要是说他平安无恙，这儿有的是金子，你还可以吻一吻这一只许多君王们曾经吻过的手；他们一面吻，一面还发抖呢。

使者　第一，娘娘，他是平安的。

克莉奥佩特拉　啊，我还要给你更多的金子。可是听着，我们常常说已死的人是平安的；要是你也是这个意思，我就要把那赏给你的金子熔化了，灌下你这报告凶讯的喉咙里去。

使者　好娘娘，听我说。

克莉奥佩特拉　好，好，我听你说；可是瞧你的相貌不像是个好人；安东尼要是平安无恙，不该让这样一张难看的面孔报告这样大好的消息；要是他有什么疾病灾难，你应该像一尊头上盘绕着毒蛇的凶神，不该仍旧装做人的样子。

使者　请您听我说下去吧。

克莉奥佩特拉　我很想在你没有开口以前先把你捶一顿；可是你要是说安东尼没有死，很平安，凯撒待他很好，没有把他监禁起来，我就把金子像暴雨一般淋在你头上，把珍珠像冰雹一样撒在你身上。

使者　娘娘，他很平安。

克莉奥佩特拉 说得好。

使者 他跟凯撒感情很好。

克莉奥佩特拉 你是个好人。

使者 凯撒和他的友谊已经比从前大大增进了。

克莉奥佩特拉 我要赏给你一大笔财产。

使者 可是，娘娘——

克莉奥佩特拉 我不爱听“可是”，它会推翻先前所说的那些好消息；呸，“可是”！“可是”就像一个狱卒，它会带上一个大奸巨恶的罪犯。朋友，请你把你所知道的消息，不管是好的坏的，一起灌进我的耳朵里吧。他跟凯撒很要好；他身体健康，你说；你还说他行动自由。

使者 自由，娘娘！不，我没有这样说；他已经被奥克泰维娅约束住了。

克莉奥佩特拉 什么约束？

使者 他们已经缔结了百年之好。

克莉奥佩特拉 查米恩，我的脸色发白了！

使者 娘娘，他跟奥克泰维娅结了婚啦。

克莉奥佩特拉 最恶毒的瘟疫染在你身上！（击使者倒地。）

使者 好娘娘，请息怒。

克莉奥佩特拉 你说什么？滚，（又击）可恶的狗才！否则我要把你的眼珠放在脚前踢出去；我要拔光你的头发；（将使者拉扯殴辱）我要用钢丝鞭打你，用盐水煮你，用酸醋慢慢地浸死你。

使者 好娘娘，我不过报告您这么一个消息，又不是我作的媒。

克莉奥佩特拉 说没有这样的事，我就赏给你一处封邑，让你安享富贵；你惹我生气，我已经打过了你，也不再计较了；你还有什么要求，只要向我说，我都可以答应你。

使者 他真的结了婚啦，娘娘。

克莉奥佩特拉 混蛋！你不要活命吗？（拔刀。）

使者 嗳哟，那我可要逃了。您这是什么意思，娘娘？我没有过失呀。（下。）

查米恩 好娘娘，定一定心吧；这人是没有罪的。

克莉奥佩特拉 天雷殛死的不一定是有罪的人。让埃及溶解在尼罗河里，让善良的人都变成蛇吧！叫那家伙进来；我虽然发疯，我还不会咬他。叫他进来。

查米恩 他不敢来。

克莉奥佩特拉 我不伤害他就是了。（查米恩下）这一双手太有失自己的尊严了，是我自己闯的祸，却去殴打一个比我卑微的人。

查米恩及使者重上。

克莉奥佩特拉 过来，先生。把坏消息告诉人家，即使诚实不虚，总不是一件好事；悦耳的喜讯不妨极口渲染，不幸的噩耗还是缄口不言，让那身受的人自己感到的好。

使者 我不过尽我的责任。

克莉奥佩特拉 他已经结了婚吗？你要是再说一声“是”，我就更恨你了。

使者 他已经结了婚了，娘娘。

克莉奥佩特拉 愿天神重罚你！你还是这么说吗？

使者 我应该说谎吗，娘娘？

克莉奥佩特拉 啊！我但愿你说谎，即使我的半个埃及完全陆沉，变成鳞蛇栖息的池沼。出去；要是你有美少年那耳喀索斯一般美好的姿容，在我的眼中你也是最丑陋的伧夫。他结了婚吗？

使者 求陛下恕罪。

克莉奥佩特拉 他结了婚吗？

使者 陛下不要见气，我也不过遵照您的命令行事，要是因此而受责，那真是太冤枉啦。他跟奥克泰维娅结了婚了。

克莉奥佩特拉 啊，他的过失现在都要叫你承担，虽然你所肯定的，又与你无关！滚出去；你从罗马带来的货色我接受不了；让它堆在你身上，把你压死！（使者下。）

查米恩 陛下息怒。

克莉奥佩特拉 我在赞美安东尼的时候，把凯撒诋毁得太过分了。

查米恩 您好多次都是这样，娘娘。

克莉奥佩特拉 现在我可受到报应啦。带我离开这里；我要晕倒了。啊，伊拉丝！查米恩！算了。好艾勒克萨斯，你去问问那家伙，奥克泰维娅容貌长得怎样，多大年纪，性格怎样；不要忘记问她的头发是什么颜色；问过了赶快回来告诉我。（艾勒克萨斯下）让他一去不回吧；不，查米恩！我还是望他回来，虽然他一边的面孔像个狰狞的怪物，另一边却像威武的战神。（向玛狄恩）你去叫艾勒克萨斯再问问她的身材有多高。可怜我，查米恩，可是不要对我说话。带我到我的寝室里去。（同下。）

第六场　密西嫩附近

喇叭奏花腔。鼓角前导，庞贝及茂那斯自一方上；凯撒、安东尼、莱必多斯、爱诺巴勃斯、茂西那斯率兵士等自另一方行进上。

庞贝 我已经得到你们的保证，你们也已经得到我的保证，在没有交战以前，让我们先来举行一次谈判。

凯撒 先礼后兵是最妥当的办法，所以我们已经把我们的目的预先用书面通知你了；你要是已经把它考虑过，请让我们知道那些条件能不能使你收起你的愤愤不平的剑，带领你的子弟们回到西西里去，免得白白在这里牺牲许多有用的青年。

庞贝 你们三位是当今宰制天下的元老，神明意旨的主要执行者，你们还记得裘力斯·凯撒的阴魂在腓利比向善良的勃鲁托斯作祟的时候，他看见你们怎样为他出力；我的父亲也是有儿子、有朋友的，为什么他就没有人替他复仇？脸色惨白的凯歇斯为什么要阴谋作乱？那正直无私、为众人所尊敬的罗马人勃鲁托斯，和他的武装的党徒们，那一群追求着可爱的自由的人，为什么要血溅圣殿？他们的目的不是希望有一个真正的英雄出来统治罗马吗？我现在兴起水上的雄师，驾着怒海的波涛而来，也就是为了这一个目的；凭着我的盛大的军力，我要痛惩无情的罗马，报复它对我尊贵的父亲负心的罪辜。

凯撒 什么事情都好慢慢商量。

安东尼 庞贝，你不能用你船只的强盛吓退我们；就是到海上见面，我们也决不怕你。在陆地上你知道我们的力量是远远胜过你的。

庞贝 不错，在陆地上你把我父亲的屋子也占去了；可是既然杜鹃不会自己筑巢，你就住下去吧。

莱必多斯 现在我们不必讲别的话，请告诉我们，你对于我们向你提出的条件觉得怎样?

凯撒 这是我们今天谈话的中心。

安东尼 我们并不一定要求你接受，请你自己熟权利害。

凯撒 要是这样的条件还不能使你满足，那么妄求非分的结果也是值得考虑的。

庞贝 你们允许把西西里和撒丁尼亚两岛让给我；我必须替你们扫除海盗，还要把多少小麦送到罗马；双方同意以后，就可以完盾全刃，各自回去。

凯撒、安东尼、莱必多斯 这正是我们所提的条件。

庞贝 那么告诉你们吧，我到这儿来跟你们会见，本来是预备接受你们的条件的，可是看见了玛克·安东尼，却有点儿气愤不过。虽然一个人不该自己卖弄恩德，不过你要知道，凯撒和你兄弟交战的时候，你的母亲到西西里来，曾经受到殷勤的礼遇。

安东尼 我也听见说起过，庞贝；我早就想重重谢你。

庞贝 让我握你的手。将军，想不到我会在这儿碰见你。

安东尼 东方的枕褥是温暖的；幸亏你把我叫了起来，否则我还要在那边留恋下去，错过许多机会了。

凯撒 自从我上次看见你以后，你已经变了许多啦。

庞贝 嗯，我不知道冷酷的命运在我的脸上留下了什么痕迹，可是我决不让她钻进我的胸中，使我的心成为她的臣仆。

莱必多斯 今天相遇，真是一件幸事。

庞贝 我也希望这样，莱必多斯。那么我们已经彼此同意了。为了表示郑重起见，我希望把我们的协定写下来，各人签署盖印。

凯撒 那是当然的手续。

庞贝 我们在分手以前，还要各人互相请一次客；让我们抽签决定哪一个人先请。

安东尼 我先来吧，庞贝。

庞贝 不，安东尼，你也得抽签；可是不管先请后请，你那很好的埃及式烹调是总要领教领教的。我听说裘力斯·凯撒在那边吃成了一个胖子。

安东尼 你倒听到不少事哪。

庞贝 我并无恶意，将军。

安东尼 那么你就好好地讲吧。

庞贝 这些我都是听来的。我还听见说，阿坡罗陀勒斯把一个——

爱诺巴勃斯 那话不用说了，是有这一回事。

庞贝 请问是怎么一回事？

爱诺巴勃斯 把一个女王裹在褥子里送到凯撒的地方。

庞贝 我现在记起你来了；你好，壮士？

爱诺巴勃斯 有酒有肉，怎么不好；看来我的口福不浅，眼前就要有四次宴会了。

庞贝 让我握握你的手；我从来没有对你怀恨。我曾经看见你打仗，很钦慕你的勇敢。

爱诺巴勃斯　将军，我对您一向没有多大好感，可是我不是没有称赞过您，虽然我给您的称赞，还不及您实际价值的十分之一。

庞贝　你的爽直正是你的好处。现在我要请各位赏光到敝船上去叙叙；请了，各位将军。

凯撒、安东尼、莱必多斯　请你领路，将军。（除茂那斯、爱诺巴勃斯外皆下。）

茂那斯　庞贝，你的父亲是决不会签订这样的条约的。朋友，我们曾经有一面之雅。

爱诺巴勃斯　我想我在海上见过你。

茂那斯　正是，朋友。

爱诺巴勃斯　你在海上很了不得。

茂那斯　你在陆地上也不错。

爱诺巴勃斯　谁愿意恭维我的，我都愿意恭维他；虽然我在陆地上横行无敌，是一件无可否认的事。

茂那斯　我在水上横行无敌，也是不可否认的。

爱诺巴勃斯　为了你自己的安全，你还是否认了的好；你是一个海上的大盗。

茂那斯　你是一个陆地的暴徒。

爱诺巴勃斯　那么我就否认我的陆地上的功劳。可是把你的手给我，茂那斯；要是我们的眼睛可以替我们作见证，它们在这儿可以看见两个盗贼握手言欢。

茂那斯　人们的手尽管不老实，他们的脸总是老实的。

爱诺巴勃斯　可是没有一个美貌的女人有一张老实的脸。

茂那斯　不错，她们是会把男人的心偷走的。

爱诺巴勃斯 我们到这儿来，本来是要跟你们厮杀。

茂那斯 拿我自己说，打仗变成了喝酒，真是扫兴得很。庞贝今天把他的一份家私笑掉了。

爱诺巴勃斯 要是他真的把家私笑掉了，那可是再也哭不回来的。

茂那斯 你说得有理，朋友。我们没有想到会在这儿看见玛克·安东尼。请问他已经跟克莉奥佩特拉结了婚吗？

爱诺巴勃斯 凯撒的妹妹名叫奥克泰维娅。

茂那斯 不错，朋友；她本来是卡厄斯·玛瑟勒斯的妻子。

爱诺巴勃斯 可是她现在是玛克斯·安东尼厄斯的妻子了。

茂那斯 怎么？

爱诺巴勃斯 这句话是真的。

茂那斯 那么凯撒跟他永远联合在一起了。

爱诺巴勃斯 要是叫我预测这一个结合的将来，我可不敢发表这样乐观的论断。

茂那斯 我想这一门婚事，大概还是政策上的权宜，不是出于男女双方的爱恋。

爱诺巴勃斯 我也这样想；可是你不久就会发现联结他们友谊的这一条带子，结果反而勒毙了他们的感情。奥克泰维娅的性情是端庄而冷静的。

茂那斯 谁不愿意有这样一个妻子？

爱诺巴勃斯 玛克·安东尼自己不是这样一个人，所以他也不喜欢这样一个妻子。他一定会再到埃及去领略他的异味；那时候奥克泰维娅的叹息便会搧起凯撒心头的怒火，正像我刚才所说的，她现在是他们两人之间感情的联系，将来却会变成促动两人反目的原因。安东尼的心早已另有所属了，他在这儿结婚，只是一种应付环境的手段。

茂那斯 你的话也许会成为事实。来，朋友，上船去吧。我要请你喝杯酒呢。

爱诺巴勃斯 我一定领情；我们在埃及是喝惯了大口的酒的。

茂那斯 来，我们去吧。（同下。）

第七场 密西嫩附近海面庞贝大船上

音乐；两三仆人持酒食上。

仆甲 他们就要到这儿来啦，伙计。有几个人已经醉得站立不稳，一丝最轻微的风都可以把他们吹倒。

仆乙 莱必多斯喝得满脸通红。

仆甲 他们故意开他的玩笑，尽是哄他一杯一杯灌下去。

仆乙 他们自己却留着酒量，他只顾叫喊不喝了，不喝了；结果还是自己管不住自己。

仆甲 他岂不是失去了理智，开了自己的玩笑。

仆乙 混在大人物中间，给他们玩弄玩弄也是活该。叫我举一根掮不起的枪杆子，不如拈一根不中用的芦苇。

仆甲 高居于为众人所仰望的地位而毫无作为，正像眼眶里没有眼珠、只留下两个怪可怜的空洞的凹孔一样。

喇叭奏花腔。凯撒、安东尼、莱必多斯、庞贝、阿格立巴、茂西那斯、爱诺巴勃斯、茂那斯及其他将领等上。

安东尼 他们都是这样的，阁下。他们用金字塔做标准，测量尼罗河水位的高低，由此判断年岁的丰歉。尼罗河的河水越是高涨，收成越有把握；潮水退落以后，农夫就可以在烂泥上播种，不多几时就结实了。

莱必多斯 你们那边有很奇怪的蛇。

安东尼 是的，莱必多斯。

莱必多斯 你们埃及的蛇是生在烂泥里，晒着太阳光长大的；你们的鳄鱼也是一样。

安东尼 正是这样。

庞贝 请坐——酒来！我们干一杯祝莱必多斯健康！

莱必多斯 我身子不顶舒服，可是我决不示弱。

爱诺巴勃斯 除非等你睡去，他们决不会放过你的。

莱必多斯 嗯，的确，我听说托勒密王朝的金字塔造得很好；我听见人家都是这样一致公认。

茂那斯 庞贝，我要跟你说句话。

庞贝 就在我的耳边说；什么事？

茂那斯 主帅，请你离开你的坐位，听我对你说。

庞贝 等一等，我就来。这一杯酒祝莱必多斯健康！

莱必多斯 你们的鳄鱼是怎么一种东西？

安东尼 它的形状就像一条鳄鱼；它有鳄鱼那么大，也有鳄鱼那么高；它用它自己的肢体行动，靠着它所吃的东西活命；它的精力衰竭以后，它就死了。

莱必多斯 它的颜色是怎样的？

安东尼 也跟鳄鱼的颜色差不多。

莱必多斯 那是一种奇怪的蛇。

安东尼 可不是；而且它的眼泪是湿的。

凯撒 你这样说，他会信服么？

安东尼 有庞贝向他敬酒还有问题吗，否则他真是个穷奢极欲之人了。

庞贝 该死，该死！这算什么话？去！照我吩咐你的做去。我叫你们替我斟下的这杯酒呢？

茂那斯 要是你愿意听我说话，请你站起来。

庞贝 我想你在发疯了。什么事？（二人走至一旁。）

茂那斯 我一向都是忠心耿耿，为你的利益打算。

庞贝 你替我做事很忠实。还有什么话说？各位将军，大家痛痛快快乐一下。

安东尼 莱必多斯，留心你脚底下的浮沙，你要摔下来了。

茂那斯 你要做全世界的主人吗？

庞贝 你说什么？

茂那斯 你要做全世界的主人吗？再干一场。

庞贝 怎么做法？

茂那斯 你只要抱着这样的决心，虽然你看我是一个微贱的人，我能够把全世界交在你的手里。

庞贝 你喝醉了吗？

茂那斯 不，庞贝，我一口酒也没有沾唇。你要是有胆量，就可以做地上的君王；大洋环抱之内，苍天覆盖之下，都归你所有，只要你有这样的雄心。

庞贝 指点我一条路径。

茂那斯 这三个统治天下、鼎峙称雄的人物，现在都在你的船上；让我割断缆绳，把船开到海心，砍下他们的头颅，那么一切都是你的了。

庞贝 唉！这件事你应该自己去干，不该先来告诉我。我干了这事，人家要说我不顾信义；你去干了，却是为主尽忠。你必须知道，我不能把利益放在荣誉的前面，我的荣誉是比利益更重要的。你应该懊悔让你的舌头说出了你的计谋；要是趁我不知道的时候干了，我以后会觉得你这件事情干得很好，可是现在我必须斥责这样的行为。放弃了这一个念头，还是喝酒吧。

茂那斯 （旁白）从此以后，我再也不追随你这前途黯淡的命运了。放着这样大好机会当面错过，以后再找，还找得到吗？

庞贝 再敬莱必多斯一杯！

安东尼 把他抬上岸去。我来替他干了吧，庞贝。

爱诺巴勃斯 敬你一杯，茂那斯！

茂那斯 爱诺巴勃斯，太客气了！

庞贝 把酒满满地倒在杯子里，让它一直齐到杯口。

爱诺巴勃斯 茂那斯，那是一个很有力气的家伙。（指一负莱必多斯下场之侍从。）

茂那斯 为什么？

爱诺巴勃斯 你没看见他把三分之一的世界负在背上吗？

茂那斯 那么三分之一的世界已经喝醉了，但愿整个世界都喝得酩酊大醉，像车轮般旋转起来！

爱诺巴勃斯 你也喝，大家喝个痛快。

茂那斯 来。

庞贝 我们今天的聚会，比起亚历山大里亚的豪宴来，恐怕还是望尘莫及。

安东尼 也差不多了。来，碰杯！这一杯是敬凯撒的！

凯撒 我可喝不下去了；我这头脑越洗越糊涂。

安东尼 今天大家不醉勿归，不能让你例外。

凯撒 那么你先喝，我陪着你喝；可是与其在一天之内喝这么多的酒，我宁愿绝食整整四天。

爱诺巴勃斯 （向安东尼）哈！我的好皇帝；我们现在要不要跳起埃及酒神舞来，庆祝我们今天的欢宴？

庞贝 好壮士，让我们跳起来吧。

安东尼 来，我们大家手搀着手，一直跳到美酒浸透了我们的知觉，把我们送进了温柔的黑甜乡里。

爱诺巴勃斯 大家搀着手。当我替你们排队的时候，让音乐在我们的耳边高声弹奏；于是歌童唱起歌来，每一个人都要拉开喉咙和着他唱，唱得越响越好。（奏乐；爱诺巴勃斯同众人携手列队。）歌

来，巴克科斯，酒国的仙王，
你两眼红红，胖胖皮囊！
替我们浇尽满腹牢骚，
替我们满头挂上葡萄：
喝，喝，喝一个天旋地转，
喝，喝，喝一个天旋地转！

凯撒 够了，够了。庞贝，晚安！好兄弟，我求求你，跟我回去吧；不要一味游戏，忘记了我们的正事。各位将军，我们分手吧；你们看我们的脸烧得这样红；强壮的爱诺巴勃斯喝得一点力气都没有了；我自己的舌头也有点结结巴巴；大家疯疯癫癫的，都变成一群傻瓜啦。不必多说了。晚安！好安东尼，让我搀着你。

庞贝 我一定要到岸上来陪你们乐一下。

安东尼 很好，庞贝。把你的手给我。

庞贝 啊，安东尼！你占住了我父亲的屋子，可是那有什么关系？我们还是朋友。来，我们下小船吧。

爱诺巴勃斯 留心不要跌在水里。（庞贝、凯撒、安东尼及侍从等下）茂那斯，我不想上岸去。

茂那斯 别去，到我舱里坐坐。这些鼓！这些喇叭、笛子！嘿！让海神听见我们向这些大人物高声道别吧；吹起来，他妈的！吹响一点！（喇叭奏花腔，间以鼓声。）

爱诺巴勃斯 嘿！他说的。瞧我的帽子。（掷帽。）

茂那斯 嘿！好家伙！来。（同下。）

第三幕

第一场　叙利亚一平原

文提狄斯率西里厄斯及其他罗马将校士卒奏凯上；兵士舁巴科勒斯尸体前行。

文提狄斯　横行无敌的帕提亚，你也有失败的一天；命运选定了我，叫我替已死的玛克斯·克拉苏复仇。把这王子的尸身在我们大军之前抬着走。奥洛第斯啊，你杀了我们的玛克斯·克拉苏，现在我们叫你的巴科勒斯抵了命啦。

西里厄斯　尊贵的文提狄斯，趁着帕提亚人的血在你的剑上还没有冷却的时候，继续追逐那些逃亡的敌人吧；驰骋你的铁骑，越过米太、美索不达米亚以及其他可以让溃败的帕提亚人栖身的地方；这样你的伟大的主帅安东尼就要使你高坐在凯旋的战车里，用花冠加在你的头上了。

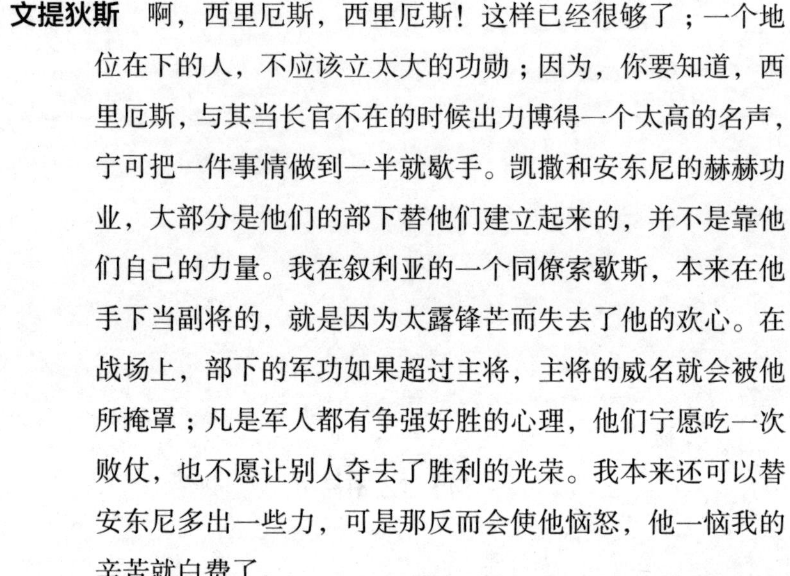

文提狄斯 啊，西里厄斯，西里厄斯！这样已经很够了；一个地位在下的人，不应该立太大的功勋；因为，你要知道，西里厄斯，与其当长官不在的时候出力博得一个太高的名声，宁可把一件事情做到一半就歇手。凯撒和安东尼的赫赫功业，大部分是他们的部下替他们建立起来的，并不是靠他们自己的力量。我在叙利亚的一个同僚索歇斯，本来在他手下当副将的，就是因为太露锋芒而失去了他的欢心。在战场上，部下的军功如果超过主将，主将的威名就会被他所掩罩；凡是军人都有争强好胜的心理，他们宁愿吃一次败仗，也不愿让别人夺去了胜利的光荣。我本来还可以替安东尼多出一些力，可是那反而会使他恼怒，他一恼我的辛苦就白费了。

西里厄斯 文提狄斯，你真是深谋远虑；一个军人要是不能审察利害，那就跟他的剑没有分别了。你要写信去向安东尼报捷吗？

文提狄斯 我要很谦恭地告诉他，我们凭借他的先声夺人的威名，已经得到了怎样的战果；他的雄壮的旗帜和精神饱满的部队，怎样把百战百胜的帕提亚骑兵驱出了战场之外。

西里厄斯 他现在在什么地方？

文提狄斯 他预备到雅典去；我们现在就向雅典兼程前进，向他当面复命。来，弟兄们，走。（同下。）

第二场 罗马。凯撒府中一室

阿格立巴及爱诺巴勃斯自相对方向上。

阿格立巴 啊！那些好兄弟们都散开了吗？

爱诺巴勃斯 他们已经把庞贝打发走了；那三个人还在重申盟好。奥克泰维娅因为不忍远离罗马而哭泣；凯撒也是满面愁容；莱必多斯自从在庞贝那儿赴宴归来以后，就像茂那斯说的，他害着贫血症。

阿格立巴 莱必多斯是个好人。

爱诺巴勃斯 一个很好的人。啊，他多么爱凯撒！

阿格立巴 喂，可是他多么崇拜安东尼！

爱诺巴勃斯 凯撒？他才是人世的天神。

阿格立巴 安东尼吗？他是天神的领袖。

爱诺巴勃斯 你说起凯撒吗？嘿！盖世无双的英雄！

阿格立巴 啊，安东尼！千年一遇的凤凰！

爱诺巴勃斯 你要是想赞美凯撒，只要提起凯撒的名字就够了。

阿格立巴 真的，他对于他们两人都是恭维备至。

爱诺巴勃斯 可是他最爱凯撒；不过他也爱安东尼。嘿！他对于安东尼的友情，是思想所不能容、言语所不能尽、计数所不能量、文士所不能抒述、诗人所不能讴吟的。可是对于凯撒，他只有跪伏惊叹的份儿。

阿格立巴 他对于两个人一样的爱。

爱诺巴勃斯 他们是他的翅鞘，他是他们的甲虫。（内喇叭声）这是下马的信号。再会，尊贵的阿格立巴。

阿格立巴 愿你幸运，英勇的壮士，再会！

凯撒、安东尼、莱必多斯及奥克泰维娅上。

安东尼 请留步吧，阁下。

凯撒 你已经把大半个我带走；请你为了我的缘故好好看待她。妹妹，愿你尽力做一个好妻子，不要辜负了我的期望。最尊贵的安东尼，让这一个贤淑的女郎成为巩固我们两人友谊的胶泥，不要反而让她成为撞毁我们感情的堡垒的攻城车；因为我们要是不能同心爱护她，那么还是不要让她置身在我们两人之间的好。

安东尼 你要是不信任我，我可要生气啦。

凯撒 我的话已经说完了。

安东尼 无论你怎样放心不下，你决不会发现我有什么可以使你怀疑的地方。愿神明护持你，使罗马的人心都乐于为你效死！我们就在这儿分手吧。

凯撒 再会，我的最亲爱的妹妹，再会；愿你一路平安！再会！

奥克泰维娅 我的好哥哥！

安东尼 她的眼睛里有四月的风光；那是恋爱的春天，这些眼泪便是催花的时雨。别伤心了。

奥克泰维娅 哥哥，请你留心照料我的丈夫的屋子；还有——

凯撒 什么，奥克泰维娅？

奥克泰维娅 让我附着你的耳朵告诉你。

安东尼 她的舌头不会顺从她的心，她的心也不会顺从她的舌头；她好比大浪顶上一根天鹅的羽毛，不会向任何一方偏斜。

爱诺巴勃斯 （向阿格立巴旁白）凯撒会不会流起眼泪来？

阿格立巴 他的脸上已经堆起乌云了。

爱诺巴勃斯 假如他是一匹马，这样也会有损他的庄严；何况他是一个堂堂男子。

阿格立巴 嘿，爱诺巴勃斯，安东尼看见裘力斯·凯撒死了，也曾放声大哭；他在腓利比看见勃鲁托斯被人杀死，也曾伤心落泪呢。

爱诺巴勃斯 不错，那一年他害着重伤风，所以涕泗横流；不瞒你说，连我也被他逗得哭起来了。

凯撒 不，亲爱的奥克泰维娅，你一定可以随时得到我的音讯；我对你的想念是不会因为时间的久远而冷淡下去的。

安东尼 来，大哥，来，我要用我爱情的力量和你角力了。你看，我抱住了你；现在我又放开了你，把你交给神明照看。

凯撒 再会，祝你们快乐！

莱必多斯 让所有的星星吐放它们的光明，一路上照耀着你们！

凯撒 再会，再会！（吻奥克泰维娅。）

安东尼 再会！（喇叭声。各下。）

第三场 亚历山大里亚。宫中一室

克莉奥佩特拉、查米恩、伊拉丝及艾勒克萨斯上。

克莉奥佩特拉 那个人呢？

艾勒克萨斯 他有些害怕，不敢进来。

克莉奥佩特拉 什么话！

一使者上。

克莉奥佩特拉 过来，朋友。

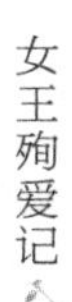

艾勒克萨斯 陛下，您发怒的时候，犹太的希律王也不敢正眼看您的。

克莉奥佩特拉 我要那个希律王的头；可是安东尼去了，谁可以替我去干这一件事呢？走近些。

使者 最仁慈的陛下！

克莉奥佩特拉 你见过奥克泰维娅吗？

使者 见过，尊严的女王。

克莉奥佩特拉 什么地方？

使者 娘娘，在罗马；我看见她一手搀着她的哥哥，一手搀着安东尼；她的脸给我看得清清楚楚。

克莉奥佩特拉 她像我一样高吗？

使者 她没有您高，娘娘。

克莉奥佩特拉 听见她说话吗？她的声音是尖的，还是低的？

使者 娘娘，我听见她说话；她的声音是很低的。

克莉奥佩特拉 那就不大好。他不会长久喜欢她的。

查米恩 喜欢她！啊，爱昔斯女神！那是不可能的。

克莉奥佩特拉 我也这样想，查米恩；矮矮的个子，说话又不伶俐！她走路的姿态有没有威仪？想想看；要是你看见过真正的威仪姿态，就该知道怎样的姿态才算是有威仪的。

使者 她走路简直像爬；她的动和静简直没有区别；她是一个没有生命的形体，不会呼吸的雕像。

克莉奥佩特拉 真的吗？

使者 要是不真，我就是不生眼睛的。

查米恩 在埃及人中间，他一个人的观察力可以胜过三个人。

克莉奥佩特拉 我看他很懂事。我还不曾听到她有什么可取的地方。这家伙眼光很不错。

查米恩 好极了。

克莉奥佩特拉 你猜她有多大年纪?

使者 娘娘，她本来是一个寡妇——

克莉奥佩特拉 寡妇！查米恩，听着。

使者 我想她总有三十岁了。

克莉奥佩特拉 你还记得她的面孔吗？是长的还是圆的?

使者 圆的，太圆了。

克莉奥佩特拉 面孔滚圆的人，大多数是很笨的。她的头发是什么颜色?

使者 棕色的，娘娘；她的前额低到无可再低。

克莉奥佩特拉 这儿是赏给你的金子；我上次对你太凶了点儿，你可不要见怪。我仍旧要派你去替我探听消息；我知道你是个很可靠的人。你去端整行装；我的信件已经预备好了。(使者下。)

查米恩 一个很好的人。

克莉奥佩特拉 正是，我很后悔把他这样凌辱。听他说起来，那女人简直不算什么。

查米恩 不算什么，娘娘。

克莉奥佩特拉 这人不是不曾见过世面，应该识得好坏。

查米恩 见过世面？我的爱昔斯女神，他已侍候您多年了！

克莉奥佩特拉 我还有一件事要问他，好查米恩；可是没有什么要紧，你把他带到我写信的房间里来就是了。一切还有结果圆满的希望。

查米恩 您放心吧，娘娘。(同下。)

第四场　雅典。安东尼府中一室

安东尼及奥克泰维娅上。

安东尼　不，不，奥克泰维娅，不单是那件事；那跟其他许多类似的事都还是情有可原的。可是他不该重新向庞贝宣战，还居然立下遗嘱，当众宣读；我的名字他提也不愿提起，当他不得不恭维我一番的时候，他就冷冷淡淡地用一两句话敷衍过去；他深怕对我过于宽厚；我向他讲好话，他满不放在心上，至多在牙缝里应酬一下。

奥克泰维娅　啊，我的主！传闻之辞，不可完全相信；即使确实，也不要过分介意。要是你们两人之间发生了冲突，我就是世上最不幸的女人，既要为你祈祷，又要为他祈祷；神明一定会嘲笑我，当我向他们祷告，“啊！保佑我的丈夫”以后，又接着向他们祷告，“啊！保佑我的哥哥！”希望丈夫得胜，只好让哥哥失败；希望哥哥得胜，只好让丈夫失败；在这两者之间，再没有一个折衷的两全之道。

安东尼　温柔的奥克泰维娅，让你的爱心替你决定你的最大的同情应该倾向在哪一方面。要是我失去了我的荣誉，就是失去了我自己；与其你有一个被人轻视的丈夫，还是不要嫁给我的好。可是你既然有这样的意思，那么就有劳你在我们两人之间斡旋斡旋吧；一方面我仍旧在这儿积极准备，万一不幸而彼此以兵戎相见，令兄的英名恐怕就要毁于一旦了。事不宜迟，你趁早动身吧。

奥克泰维娅　谢谢我的主。最有威力的天神把我造成了一个最柔弱的人，我这最柔弱的人却要来调停你们的争端！你们两人开了战，就像整个的世界分裂为二，只有无数战死者的尸骸才可以填平这一道裂痕。

安东尼 你明白了谁是造成这次争端的祸首以后，就用不着再回护他；我们的过失决不会恰恰相等，总可以分别出一个是非曲直来。预备你的行装；你爱带什么人同去，就带什么人同去；路上需要多少费用，尽管问我要好了。（同下。）

第五场 同前。另一室

爱诺巴勃斯及爱洛斯自相对方向上。

爱诺巴勃斯 啊，朋友爱洛斯！

爱洛斯 有了很奇怪的消息呢，朋友。

爱诺巴勃斯 什么消息？

爱洛斯 凯撒和莱必多斯已经向庞贝开战。

爱诺巴勃斯 这是老消息；结果怎么样？

爱洛斯 凯撒利用了莱必多斯向庞贝开战以后，就翻过脸来不承认他有同等的地位，不让他分享胜利的光荣；不但如此，还凭着他以前写给庞贝的信札，作为通敌的证据，把他拘捕起来；所以这个可怜的第三者已经完了，只有死才能给他自由。

爱诺巴勃斯 那么，世界啊，你现在只剩下两个人了；把你所有的食物丢给他们，他们也要磨拳擦掌，互相争夺的。安东尼在哪儿？

爱洛斯 他正在园里散步，一面走，一面恨恨地踢着脚下的草，嘴里嚷着，“傻瓜，莱必多斯！”还发誓说要把那暗杀庞贝的军官捉住了割断他的咽喉。

爱诺巴勃斯 我们伟大的舰队已经扬帆待发了。

爱洛斯 那是要开到意大利去声讨凯撒的。还有，道密歇斯，主帅叫你快去；我应该把我的消息慢慢告诉你的。

爱诺巴勃斯 那就失去新闻的价值了；可是不要管它，带我去见安东尼吧。

爱洛斯 来，朋友。（同下。）

第六场　罗马。凯撒府中一室

凯撒、阿格立巴及茂西那斯上。

凯撒 这件事，还有其他种种，都是他为了表示对于罗马的轻蔑而在亚历山大里亚干的；那情形是这样的：在市场上筑起了一座白银铺地的高坛，上面设着两个黄金的宝座，克莉奥佩特拉跟他两人公然升座；我的义父的儿子，他们替他取名为凯撒里昂的，还有他们两人通奸所生的一群儿女，都列坐在他们的脚下；于是他宣布以克莉奥佩特拉为埃及帝国的女皇，全权统辖下叙利亚、塞浦路斯和吕底亚各处领土。

茂西那斯 这是当着公众的面前举行的吗？

凯撒 就在公共聚集的场所，他们表演了这一幕把戏。他当场又把王号分封他的诸子：米太、帕提亚、亚美尼亚，他都给了亚历山大；叙利亚、西利西亚、腓尼基，他给了托勒密。

那天她打扮成爱昔斯女神的样子；据说她以前接见群臣的时候，常常是这样装束的。

茂西那斯 让全罗马都知道这种事情吧。

阿格立巴 罗马人久已厌恶他的骄横，一定会对他完全失去好感。

凯撒 人民已经知道了；他们还听到了他的讨罪的檄告。

阿格立巴 他讨谁的罪？

凯撒 凯撒。他说我在西西里侵吞了塞克斯特斯·庞贝厄斯的领土以后，不曾把那岛上他所应得的一份分派给他；又说他借给我一些船只，我没有归还他；最后他责备我不该擅自褫夺莱必多斯的权位，推翻了三雄鼎峙的局面；他还说我们霸占他的全部的收入。

阿格立巴 主上，这倒是应该答复他的。

凯撒 我已经答复他，叫人带信给他了。我告诉他，莱必多斯最近变得非常横暴残虐，滥用他的大权作威作福，不能不有这一次的变动。凡是我所征服得来的利益，我都可以让他平均分享；可是在他的亚美尼亚和其他被征服的国家之中，我也向他要求同样的权利。

茂西那斯 他决不会答应那样的要求。

凯撒 我们也绝对不能对他让步。

奥克泰维娅率侍从上。

奥克泰维娅 祝福，凯撒，我的主！祝福，最亲爱的凯撒！

凯撒 难道要我称你为被遗弃的女子吗！

奥克泰维娅 你没有这样叫过我，你也没有理由这样称呼我。

凯撒 你为什么一声不响地到来呢？你来得不像是凯撒的妹妹；安东尼的妻子应该有一大队人马做她的前驱，当她还在远远的地方的时候，一路上的马嘶声就已经在报告她到来的消息；路旁的树枝上都要满爬着人，因为不见所盼的人而焦心绝望；那络绎不断的马蹄扬起的灰尘，应该一直高达天顶。可是你却像一个市场上的女佣一般来到罗马，不曾预先通知我们，使我们来不及用盛大的仪式向你表示我们的欢迎；我们本该在海陆双方派人迎接，每到一处，都应该有人招待你的。

奥克泰维娅　我的好哥哥，我这样悄悄而来，并不是出于勉强，全然是我自己的意思。我的主安东尼听见你准备战争，把这不幸的消息告诉了我，所以我才请求他准许我回来一次。

凯撒　他很快就答应你了，因为你是使他不能享受风流乐趣的障碍。

奥克泰维娅　不要这样说，哥哥。

凯撒　我随时注意着他，他的一举一动，我这儿都有风闻。他现在在什么地方？

奥克泰维娅　在雅典。

凯撒　不，我的被人欺负的妹妹；克莉奥佩特拉已经招呼他到她那儿去了。他已经把他的帝国奉送给一个淫妇；他们现在正在召集各国的君长，准备进行一场大战。利比亚的国王鲍丘斯、卡巴多西亚的阿契劳斯、巴夫拉贡尼亚的国王菲拉德尔福斯、色雷斯王哀达拉斯、阿拉伯的玛尔丘斯王、本都的国王、犹太的希律、科麦真的国王密瑟里台提斯、米太王坡里蒙和利考尼亚王阿敏达斯，还有别的许多身居王位的人，都已经在他的邀请之下集合了。

奥克泰维娅　唉，我真不幸！我的一颗心分系在你们两人身上，你们两人却彼此相残！

凯撒 欢迎你回来！我们因为得到你的来信而暂缓发动，可是现在已经明白你怎样被人愚弄，我们倘再蹉跎观望，是一件多么危险的事，所以不能不迅速行动了。宽心吧，不要因为这些不可避免的局势扰乱了你的安宁而烦恼，让一切依照命运的安排达到它们最后的结局吧。欢迎你回到罗马来；我没有比你更亲爱的人了。你已经受到空前的侮辱，崇高的众神怜悯你的无辜，才叫我们和一切爱你的人奉行他们的旨意，替你报仇雪恨。愿你安心自乐，我们总是欢迎你的。

阿格立巴 欢迎，夫人！

茂西那斯 欢迎，好夫人！每一颗罗马的心都爱你、同情你；只有贪淫放纵的安东尼才会把你抛弃，让一个娼妓窃持大权，向我们无理挑衅。

奥克泰维娅 真的吗，哥哥？

凯撒 真的。妹妹，欢迎；请你安心忍耐，我的最亲爱的妹妹！（同下。）

第七场 阿克兴海岬附近安东尼营地

克莉奥佩特拉及爱诺巴勃斯上。

克莉奥佩特拉 我一定要跟你算账，你瞧着吧。

爱诺巴勃斯 可是为什么，为什么，为什么？

克莉奥佩特拉 在这次出征以前，你说我是女流之辈，战场上没有我的份儿。

爱诺巴勃斯 对啊，难道我说错了吗？

克莉奥佩特拉 为什么我不能御驾亲征，这不明明是讪谤我吗？

爱诺巴勃斯 （*旁白*）好，我可以回答你：要是我们把雄马雌马一起赶上战场，岂不要引得雄马撒野，雌马除了负上兵士，还要背上雄的呢。

克莉奥佩特拉 你说什么？

爱诺巴勃斯 安东尼看见了您，一定会心神不定；他在军情紧急的时候，怎么可以让您分散他的有限的精力和宝贵的时间？人家已经在批评他的行动轻率了，在罗马他们都说这一次的军事，都是一个名叫福的纳斯的太监和您的几个侍女们作的主张。

克莉奥佩特拉 让罗马沉下海里去，让那些诽谤我们的舌头一起烂掉！我是一国的君主，必须像一个男子一般负起主持战局的责任。不要反对我的决意；我不能留在后方。

爱诺巴勃斯 好，那么我不管。皇上来了。

安东尼及凯尼狄斯上。

安东尼 凯尼狄斯，他从大兰多和勃伦提斯出发，这么快就越过爱奥尼亚海，把妥林占领下来，不是很奇怪吗？你有没有听见这个消息，亲爱的？

克莉奥佩特拉 因循观望的人，最善于惊叹他人的敏捷。

安东尼 骂得痛快，真是警惰的良箴，这样的话出之于一个堂堂男子的口中，也可以毫无愧色。凯尼狄斯，我们要在海上和他决战。

克莉奥佩特拉 海上！不在海上还在什么地方？

凯尼狄斯 请问主上，为什么我们要在海上和他决战？

安东尼 因为他挑我在海上决战。

爱诺巴勃斯 可是您也曾经要求他单人决斗。

凯尼狄斯 您还要求他在法赛利亚，凯撒和庞贝交战的故址，和您一决胜负；可是他因为这些要求对他不利，一概拒绝了；他可以拒绝您，您也可以拒绝他的。

爱诺巴勃斯 我们的船只缺少得力的人手，那些水兵本来都是赶骡种地的乡民，在仓卒之中临时拉来充数的；凯撒的舰队里却都是屡次和庞贝交锋、能征惯战的将士；而且他们的船只很轻便，不比我们的那样笨重。您在陆地上已经准备着充分的实力，拒绝和他在海上决战，也不是一件丢脸的事。

安东尼 在海上，在海上。

爱诺巴勃斯 主上，您要是在海上决战，就是放弃了陆地上绝对可操胜算的机会，分散了您那些善战的步兵的兵力，埋没了您那赫赫有名的陆战的才略，牺牲了最稳当的上策，去冒毫无把握的危险。

安东尼 我决定在海上作战。

克莉奥佩特拉 我有六十艘船舶，凯撒的船不比我们多。

安东尼 我们把多余的船只一起烧掉，把士卒分配到需用的船上，就从阿克兴岬口出发，迎头痛击凯撒的舰队。要是我们失败了，还可以再从陆地上争回胜利。

一使者上。

安东尼 什么事？

使者 启禀主上，这消息是真的；有人已经看见他了；凯撒已经占领了妥林。

安东尼 他自己也到那边了吗？那是不可能的；他的本领果然神出鬼没。凯尼狄斯，我们在陆地上的十九个军团和一万二千匹战马，都归你节制。我自己要到船上指挥去：走吧，我的海中女神！

一兵士上。

安东尼 什么事，英勇的军人？

兵士 啊，皇上！不要在海上作战；不要相信那些朽烂的木板；难道您怀疑这一柄宝剑的威力，和我这满身的伤疤吗？让那些埃及人和腓尼基人去跳水吧；我们是久惯于立足地上、凭着膂力博取胜利的。

安东尼 好，好，去吧！（安东尼、克莉奥佩特拉及爱诺巴勃斯同下。）

兵士 凭着赫剌克勒斯起誓，我想我的话没有说错。

凯尼狄斯 你没有错，可是他的整个行动，已经不受他自己的驾驭了；我们的领袖是被人家牵着走的，我们都只是一些供妇女驱策的男子。

兵士 您是在陆地上负责保全人马实力的，是不是？

凯尼狄斯 玛克斯·奥克泰维斯、玛克斯·杰思退厄斯、泼勃力科拉、西里厄斯都要参加海战；留着我们保全陆地的实力。凯撒用兵这样神速，真是出人意外。

兵士 当他还在罗马的时候，他的军队的调动掩护得非常巧妙，没有一个间谍不给他瞒过了。

凯尼狄斯 你听说谁是他的副将吗？

兵士 他们说是一个名叫陶勒斯的人。

凯尼秋斯 这人我很熟悉。

一使者上。

使者 皇上叫凯尼狄斯进去。

凯尼狄斯 这样扰攘的时世，每一分钟都有新的消息产生。（同下。）

第八场 阿克兴附近一平原

凯撒、陶勒斯及将士等上。

凯撒 陶勒斯！

陶勒斯 主上？

凯撒 不要在陆地上攻击敌人；保全实力；在我们海上的战事没有完毕以前，避免一切挑衅的行为。遵照这一通密令上所规定的计策实行，不可妄动；我们的成败在此一举。（同下。）

安东尼及爱诺巴勃斯上。

安东尼 把我们的舰队集合在山的那一边，正对着凯撒的阵地；从那地方我们可以看清敌人船只的数目，决定我们应战的方略。（同下。）

凯尼狄斯率陆军上，由舞台一旁列队穿过；凯撒副将陶勒斯率其所部由另一旁穿过。两军入内后，内起海战声。号角声；爱诺巴勃斯重上。

爱诺巴勃斯 完了，完了，全完了！我再也瞧不下去了。埃及的旗舰“安东尼号”一碰到敌人，就带领了他们的六十艘船只全体转舵逃走；我的眼睛都看得要爆炸了。

斯凯勒斯上。

斯凯勒斯 天上所有的男神女神啊！

爱诺巴勃斯 你为什么有这样的感慨？

斯凯勒斯 大半个世界都在愚昧中失去了；我们已经用轻轻的一吻，断送了无数的王国州郡。

爱诺巴勃斯 战局怎么样？

斯凯勒斯 我们的一方面好像已经盖上了瘟疫的戳记似的，注定着死亡的命运。那匹不要脸的埃及雌马，但愿她浑身害起癞病来！正在双方鏖战，不分胜负，或者还是我们这方面略占上风的时候，她像一头被牛虻钉上了身的六月的母牛一样，扯起帆就逃跑了。

爱诺巴勃斯 那我也看见，我的眼睛里看得火星直爆，再也看不下去了。

斯凯勒斯 她刚刚拨转船头，那被她迷醉得英雄气短的安东尼也就无心恋战，像一只痴心的水凫一样，拍了拍翅膀飞着追上去。我从来没有见过这样可羞的行为，多年的经验、丈夫的气概、战士的荣誉，竟会这样扫地无余！

爱诺巴勃斯 唉！唉！

凯尼狄斯上。

凯尼狄斯 我们在海上的命运已经奄奄一息，无可挽回地没落下去了。我们的主帅倘不是这样糊涂，一定不会弄到这一个地步。啊！他自己都公然逃走了，兵士们看着这一个榜样，怎么不会众心涣散！

爱诺巴勃斯 你也这样想吗？那么真的什么都完了。

凯尼狄斯　他们都向伯罗奔尼撒逃走了。

斯凯勒斯　那条路很容易走，我也要到那边去等候复命。

凯尼狄斯　我要把我的军队马匹向凯撒献降；六个国王已经先我而投降了。

爱诺巴勃斯　我还是要追随安东尼的受伤的命运，虽然这是我的理智所反对的。（各下。）

第九场　亚历山大里亚。宫中一室

安东尼及众侍从上。

安东尼　听！土地在叫我不要践踏它，它怕我这不光荣的身体会使它蒙上难堪的耻辱。朋友们，过来；我在这世上盲目夜行，已经永远迷失了我的路。我有一艘满装黄金的大船，你们拿去分了，各自逃生，不要再跟凯撒作对了吧。

众侍从　逃走！不是我们干的事。

安东尼　我自己也在敌人之前逃走，替懦夫们立下一个转身避害的榜样。朋友们，去吧；我已经为自己决定了一个方针，今后无须借重你们了；去吧。我的金银财宝都在港里，你们尽管拿去。唉！我追随了一个我羞于看见的人；我的头发都在造反，白发埋怨黑发的粗心卤莽，黑发埋怨白发的胆小痴愚。朋友们，去吧；我可以写几封信，介绍你们投奔我的几个朋友。请你们不要怏怏不乐，也不要口出怨言，听从我在绝望之中的这一番指示；未了的事，听其自然；赶快到海边去吧；我就把那艘船和船上的财物送给你们。

现在请你们暂时离开我；我已经不配命令你们，所以只好请求你们。我们等会儿再见吧。（坐下。）

查米恩及伊拉丝携克莉奥佩特拉手上，爱洛斯后随。

爱洛斯 好娘娘，上去呀，安慰安慰他。

伊拉丝 上去呀，好娘娘。

查米恩 不上去又怎么样呢？

克莉奥佩特拉 让我坐下来。天后朱诺啊！

安东尼 不，不，不，不，不。

爱洛斯 您看见吗，主上？

安东尼 啊，呸！呸！呸！

查米恩 娘娘！

伊拉丝 娘娘，啊，好娘娘！

爱洛斯 主上，主上！

安东尼 是的，阁下，是的。他在腓利比把他的剑摇来挥去，像在跳舞一般；是我杀死了那个形容瘦削、满脸皱纹的凯歇斯，结果了那发疯似的勃鲁托斯的生命；他却只会让人代劳，从来不曾亲临战阵。可是现在——算了。

克莉奥佩特拉 唉！扶我一下。

爱洛斯 主上，娘娘来了。

伊拉丝 上去，娘娘，对他说话；他惭愧得完全失了常态了。

克莉奥佩特拉 好，那么扶着我。啊！

爱洛斯 主上，起来，娘娘来了；她低下了头，您要是不给她一些安慰，她会悲哀而死的。

安东尼 我已经毁了自己的名誉，犯了一个最可耻的错误。

爱洛斯 主上，娘娘来了。

安东尼 啊！你把我带到什么地方去，埃及女王？瞧，我因为不愿从你的眼睛里看见我的耻辱，正在凭吊那已经化为一堆灰烬的我的雄图霸业呢。

克莉奥佩特拉 啊，我的主，我的主！原谅我因为胆怯而扬帆逃避；我没有想到你会跟了上来的。

安东尼 埃及的女王，你完全知道我的心是用绳子缚在你的舵上的，你一去就会把我拖着走；你知道你是我的灵魂的无上主宰，只要你向我一点头一招手，即使我奉有天神的使命，也会把它放弃了来听候你的差遣。

克莉奥佩特拉 啊，恕我！

安东尼 我曾经玩弄半个世界在我的手掌之上，操纵着无数人生杀予夺的大权，现在却必须俯首乞怜，用吞吞吐吐的口气向这小子献上屈辱的降表。你知道你已经多么彻头彻尾地征服了我，我的剑是绝对服从我的爱情的指挥的。

克莉奥佩特拉 恕我，恕我！

安东尼 不要掉下一滴泪来；你的一滴泪的价值，抵得上我所得而复失的一切。给我一吻吧；这就可以给我充分的补偿了。我们已经差那位教书先生去了；他回来了没有？爱人，我的灵魂像铅一样沉重。叫他们预备酒食！命运越是给我们打击，我们越是瞧不起她。（同下。）

第十场　埃及。凯撒营地

凯撒、道拉培拉、赛琉斯及余人等上。

凯撒　叫安东尼的使者进来。你们认识他吗？

道拉培拉　凯撒，那是他的教书先生；不多几月以前，多少的国王甘心为他奔走，现在他却差了这样一个卑微的人来，这就可以见得他的途穷日暮了。

尤弗洛涅斯上。

凯撒　过来，说明你的来意。

尤弗洛涅斯　我虽然只是一个地位卑微的人，却奉着安东尼的使命而来；不久以前，我在他的汪洋大海之中，不过等于一滴草叶上的露珠。

凯撒　好，你来有什么事？

尤弗洛涅斯　他说你是他的命运的主人，向你致最大的敬礼；他请求你准许他住在埃及，要是这一件事你不能允许他，他还有退一步的请求，愿你让他在天地之间有一个容身之处，在雅典做一个平民：这是他要我对你说的话。克莉奥佩特拉也承认你的伟大的权力，愿意听从你的支配；她恳求你慷慨开恩，准许她的后裔保存托勒密王朝的宝冕。

凯撒　对于安东尼，他的任何要求我一概置之不理。女王要是愿意来见我，或是向我有什么请求，我都可以答应，只要她能够把她那名誉扫地的朋友逐出埃及境外，或者就在当地结果他的性命；要是她做得到这一件事，她的要求一定可以得到我的垂听。你这样去回复他们两人吧。

尤弗洛涅斯　愿幸运追随你！

凯撒　带他通过我们的阵线。（尤弗洛涅斯下。向赛琉斯）现在是试验你的口才的时候了；快去替我从安东尼手里把克莉奥佩特拉夺来；无论她有什么要求，你都用我的名义答应她；另外你再可以照你的意思向她提出一些优厚的条件。女人在最幸福的环境里，也往往抵抗不了外界的诱惑；一旦到了困穷无告的时候，一尘不染的贞女也会失足堕落。尽量运用你的手段，赛琉斯；事成之后，随你需索什么酬报，我都决不吝惜。

赛琉斯 凯撒，我就去。

凯撒 注意安东尼在失势中的态度，从他的举动之间窥探他的意向。

赛琉斯 是，凯撒。（各下。）

第十一场 亚历山大里亚。宫中一室

克莉奥佩特拉、爱诺巴勃斯、查米恩及伊拉丝上。

克莉奥佩特拉 我们怎么办呢，爱诺巴勃斯？

爱诺巴勃斯 想一想，然后死去。

克莉奥佩特拉 这一回究竟是安东尼错还是我错？

爱诺巴勃斯 全是安东尼的错，他不该让他的情欲支配了他的理智。两军相接的时候，本来是惊心怵目的，即使您在战争的狰狞的面貌之前逃走了，为什么他要跟上来呢？当世界的两半互争雄长的紧急关头，他是全局所系的中心人物，怎么可以让儿女之私牵掣了他的大将的责任。在全军惶惑之中追随您的逃走的旗帜，这不但是他的无可挽回的损失，也是一个无法洗刷的耻辱。

克莉奥佩特拉 请你别说了。

安东尼及尤弗洛涅斯上。

安东尼 那就是他的答复吗？

尤弗洛涅斯 是，主上。

安东尼 那么女王可以得到他的恩典，只要她愿意把我交出？

尤弗洛涅斯 他正是这样说。

安东尼 让她知道他的意思。把这颗鬓发苍苍的头颅送给那凯撒小子，他就会满足你的愿望，赏给你许多采邑领土。

克莉奥佩特拉 哪一颗头颅，我的主？

安东尼 再去回复他。对他说，他现在年纪还轻，应该让世人看看他有什么与众不同的地方；也许他的货币、船只、军队，都只是属于一个懦夫所有；也许他的臣僚辅佐凯撒，正像辅佐一个无知的孺子一样。所以我要向他挑战，叫他不要依仗那些比我优越的条件，直截痛快地跟我来一次剑对剑的决斗。我就去写信，跟我来。（安东尼、尤弗洛涅斯同下。）

爱诺巴勃斯 （旁白）是的，战胜的凯撒会放弃他的幸福，和一个剑客比赛起匹夫之勇来！看来人们的理智也是他们命运中的一部分，一个人倒了楣，他的头脑也就跟着糊涂了。他居然梦想富有天下的凯撒肯来理会一个一无所有的安东尼！凯撒啊，你把他的理智也同时击败了。

一侍从上。

侍从 凯撒有一个使者来了。

克莉奥佩特拉 什么！一点礼貌都没有了吗？瞧，我的姑娘们；人家只会向一朵含苞未放的娇花屈膝，等到花残香消，他们就要掩鼻而过之了。让他进来，先生。（侍从下。）

爱诺巴勃斯 （旁白）我的良心开始跟我自己发生冲突了。我们的忠诚不过是愚蠢，因为只有愚人才会尽忠到底；可是谁要是死心塌地追随一个失势的主人，那么他的主人虽然被他的环境征服了，他却能够征服那种环境而不为所屈，这样的人是应该在历史上永远占据一个地位的。

赛琉斯上。

克莉奥佩特拉 凯撒有什么见教？

赛琉斯 请斥退左右。

克莉奥佩特拉 这儿都是朋友，你放心说吧。

赛琉斯 也许他们是安东尼的朋友。

爱诺巴勃斯 先生，他需要像凯撒一样多的朋友，否则他也用不着我们了。只要凯撒高兴，我们的主人十分愿意成为他的朋友；至于我们，那您知道，总是跟着他走的，他做了凯撒的朋友，我们自然也就是凯撒的人。

赛琉斯 好，那么，最有声誉的女王，凯撒请求你不要因为你目前的处境而介意，你只要想他是凯撒。

克莉奥佩特拉 说下去，尊贵的使者。

赛琉斯 他知道你投身在安东尼的怀抱里，不是因为爱他，只是因为惧怕他。

克莉奥佩特拉 啊！

赛琉斯 所以他对于你荣誉上所受的创伤是万分同情的，因为那只是被迫忍受的污辱，不是咎有应得的责罚。

克莉奥佩特拉 他是一位天神，他的判断是这样公正。我的荣誉并不是自己甘心屈服，全然是被人征服的。

爱诺巴勃斯 （*旁白*）我要去问问安东尼，究竟是不是这样。主上，主上，你已经是一艘千洞百孔的破船，我们必须离开你，让你沉下海里，因为你的最亲爱的人也把你丢弃了。（下。）

赛琉斯 我要不要回复凯撒，告诉他您对他有什么要求？因为他心里很希望您有求于他。要是您愿意把他的命运作为您的靠山，他一定会十分高兴的；可是他要是听见我说您已经离开了安东尼，把您自己完全置身于他的羽翼之下，尊奉他为全世界的主人，那才会叫他心满意足哩。

克莉奥佩特拉 你叫什么名字？

赛琉斯 我的名字是赛琉斯。

克莉奥佩特拉 最善良的使者，请你这样回答伟大的凯撒：我不能亲自吻他征服一切的手，已经请他的使者代致我的敬礼了；告诉他，我随时准备把我的王冠跪献在他的足下；告诉他，从他的举世慑服的诏语之中，我已经听见埃及所得到的判决了。

赛琉斯 这是您的最正当的方策。智慧和命运互相冲突的时候，要是智慧有胆量贯彻它的主张，没有意外的机会可以摇动它的。准许我敬吻您的手。

克莉奥佩特拉 你们凯撒的义父在世的时候，每次想到了征服国土的计划，往往把他的嘴唇放在这一个卑微的所在，雨也似的吻着它。

安东尼及爱诺巴勃斯上。

安东尼 凭着雷霆之威的乔武起誓，好大的恩典！喂，家伙，你是什么东西？

赛琉斯 我是奉着全世界最有威权、最值得服从的人的命令而来的使者。

爱诺巴勃斯 （*旁白*）你要挨一顿鞭子了。

安东尼 过来！啊，你这混蛋！天神和魔鬼啊！我已经一点权力都没有了吗？不久以前，我只要吆喝一声，国王们就会像一群孩子似的争先恐后问我有什么吩咐。你没有耳朵吗？我还是安东尼哩。

众侍从上。

安东尼 把这家伙抓出去抽一顿鞭子。

爱诺巴勃斯 （旁白）宁可和初生的幼狮嬉戏，不要玩弄一头濒死的老狮。

安东尼 天哪！把他用力鞭打。即使二十个向凯撒纳贡称臣的最大的国君，要是让我看见他们这样放肆地玩弄她的手——她，这个女人，她从前是克莉奥佩特拉，现在可叫什么名字？——狠狠地鞭打他，打得他像一个孩子一般捧住了脸哭着喊饶命；把他抓出去。

赛琉斯 玛克·安东尼——

安东尼 把他拖下去；抽过了鞭子以后，再把他带来见我；我要叫这凯撒手下的奴才替我传一个信给他。（侍从等拖赛琉斯下）在我没有认识你以前，你已经是一朵半谢的残花了；嘿！罗马的衾枕不曾留住我，多少名媛淑女我都不曾放在眼里，我不曾生下半个合法的儿女，难道结果反倒被一个向奴才们卖弄风情的女人欺骗了吗？

克莉奥佩特拉 我的好爷爷——

安东尼 你一向就是个水性杨花的人；可是，不幸啊！当我们沉溺在我们的罪恶中间的时候，聪明的天神就封住了我们的眼睛，把我们明白的理智丢弃在我们自己的污泥里，使我们崇拜我们的错误，看着我们一步步陷入迷途而暗笑。

克莉奥佩特拉 唉！竟会一至于此吗？

安东尼 当我遇见你的时候，你是已故的凯撒吃剩下来的残羹冷炙；你也曾做过克尼厄斯·庞贝口中的禁脔；此外不曾流传在世俗的口碑上的，还不知道有多少更荒淫无耻的经历；我相信，你虽然能够猜想得到贞节应该是怎样一种东西，可是你不知道它究竟是什么。

克莉奥佩特拉 你为什么要说这种话？

安东尼 让一个得了人家赏赐说一声“上帝保佑您”的家伙玩弄你那受过我的爱抚的手，那两心相印的神圣的见证！啊！我不能像一个绳子套在脖子上的囚徒一般，向行刑的人哀求早一点了结他的痛苦；我要到高山荒野之间大声咆哮，发泄我的疯狂的悲愤！

众侍从率赛琉斯重上。

安东尼 把他鞭打过了吗？

侍从甲 狠狠地鞭打过了，主上。

安东尼 他有没有哭喊饶命？

侍从甲 他求过情了。

安东尼 你的父亲要是还活在世上，让他怨恨你不是一个女儿；你应该后悔追随胜利的凯撒，因为你已经为了追随他而挨了一顿鞭打了；从此以后，愿你见了妇女的洁白的纤手，就会吓得浑身乱抖。滚回到凯撒跟前去，把你在这儿所受到的款待告诉他；记着，你必须对他说，他使我非常生气，因为他的态度太傲慢自大，看轻我现在失了势，却不想到我从前的地位。他使我生气；我的幸运的星辰已经离开了它们的轨道，把它们的火焰射进地狱的深渊里去了，一个倒运的人，是最容易被人激怒的。要是他不喜欢我所说的话和所干的事，你可以告诉他我有一个已经赎身的奴隶歇巴契斯在他那里，他为了向我报复起见，尽管鞭笞他、吊死他、用酷刑拷打他，都随他的便；你也可以在旁边怂恿他的。去，带着你满身的鞭痕滚吧！（赛琉斯下。）

克莉奥佩特拉　你的脾气发完了吗？

安东尼　唉！我们地上的明月已经晦暗了；它只是预兆着安东尼的没落。

克莉奥佩特拉　我必须等他安静下来。

安东尼　为了献媚凯撒的缘故，你竟会和一个服侍他穿衣束带的人眉来眼去吗？

克莉奥佩特拉　还没有知道我的心吗？

安东尼　不是心，是石头！

克莉奥佩特拉　啊！亲爱的，要是我果然这样，愿上天在我冷酷的心里酿成一阵有毒的冰雹，让第一块雹石落在我的头上，溶化了我的生命；然后让它打死凯撒里昂，再让我的孩子和我的勇敢的埃及人一个一个在这雹阵之下丧身；让他们死无葬身之地，充作尼罗河上蝇蚋的食料！

安东尼　我很满意你的表白。凯撒已经在亚历山大里亚安下营寨，我还要和他决一个最后的雌雄。我们陆上的军队很英勇地坚持不屈；我们溃散的海军也已经重新集合起来，恢复了原来的威风。我的雄心啊，你这一向都在哪里？你听见吗，爱人？要是我再从战场上回来吻这一双嘴唇，我将要遍身浴血出现在你的面前；凭着这一柄剑，我要创造历史上不朽的记录。希望还没有消失呢。

克莉奥佩特拉 这才是我的英勇的主！

安东尼 我要使出三倍的膂力，三倍的精神和勇气，做一个杀人不眨眼的魔王；因为当我命运顺利的时候，人们往往在谈笑之间邀取我的宽赦；可是现在我要咬紧牙齿，把每一个阻挡我去路的人送下地狱。来，让我们再痛痛快快乐它一晚；召集我的全体忧郁的将领，再一次把美酒注满在我们的杯里；让我们不要理会那午夜的钟声。

克莉奥佩特拉 今天是我的生日；我本来预备让它在无声无臭中过去，可是既然我的主仍旧是原来的安东尼，那么我也还是原来的克莉奥佩特拉。

安东尼 我们还可以挽回颓势。

克莉奥佩特拉 叫全体将领都来，主上要见见他们。

安东尼 叫他们来，我们要跟他们谈谈；今天晚上我要把美酒灌得从他们的伤疤里流出来。来，我的女王；我们还可以再接再厉。这一次我临阵作战，我要使死神爱我，即使对他的无情的镰刀，我也要作猛烈的抗争。（除爱诺巴勃斯外皆下。）

爱诺巴勃斯 现在他要用狰狞的怒目去压倒闪电的光芒了。过分的惊惶会使一个人忘怀了恐惧，不顾死活地蛮干下去；在这一种心情之下，鸽子也会向鸷鸟猛啄。我看我们主上已经失去了理智，所以才会恢复了勇气。有勇无谋，结果一定失败。我要找个机会离开他。（下。）

第四幕

第一场　亚历山大里亚城前。凯撒营地

凯撒上，读信；阿格立巴、茂西那斯及余人等上。

凯撒　他叫我小子，把我信口谩骂，好像他有力量把我赶出埃及似的；他还鞭打我的使者；要求我跟他单人决斗，凯撒对安东尼。让这老贼知道，我如果想死，方法还多着呢。尽管他挑战，我只是置之一笑。

茂西那斯　凯撒必须想到，一个伟大的人物开始咆哮的时候，就是势穷力迫、快要堕下陷阱的预兆。不要给他喘息的机会，利用他的狂暴焦躁的心理；一个发怒的人，总是疏于自卫的。

凯撒　让全营将士知道，明天我们将要作一次结束一切战争的决战。在我们队伍里面，有不少最近还在安东尼部下作战的

人，凭着这些归降的将士，就可以把他诱进了圈套。你去传告我的命令：今晚大宴全军；我们现在食物山积，这都是弟兄们辛苦得来的成绩。可怜的安东尼！（同下。）

第二场 亚历山大里亚。宫中一室

安东尼、克莉奥佩特拉、爱诺巴勃斯、查米恩、伊拉丝、艾勒克萨斯及余人等上。

安东尼 他不肯跟我决斗，道密歇斯。

爱诺巴勃斯 喂。

安东尼 他为什么不肯？

爱诺巴勃斯 他以为他的命运胜过你二十倍，他一个人可以抵得上二十个人。

安东尼 明天，军人，我要在海上陆上同时作战；我倘不能胜利而生，也要用壮烈的战血洗刷我的濒死的荣誉。你愿意出力打仗吗？

爱诺巴勃斯 我愿意嚷着“牺牲一切”的口号，向敌人猛力冲杀。

安东尼 说得好；来。把我家里的仆人叫出来；今天晚上我们要饱餐一顿。

三四仆人上。

安东尼 把你的手给我，你一向是个很忠实的人；你也是；你，你，你，你们都是；你们曾经尽心侍候我，国王们曾经做过你们的同伴。

克莉奥佩特拉 这是什么意思？

爱诺巴勃斯 （向克莉奥佩特拉旁白）这是他在心里懊恼的时候想起来的一种古怪花样。

安东尼 你也是忠实的。我希望我自己能够化身为像你们这么多的人，你们大家都合成了一个安东尼，这样我就可以为你们尽力服务，正像你们现在为我尽力一样。

众仆 那我们怎么敢当！

安东尼 好，我的好朋友们，今天晚上你们还是来侍候我，不要少给我酒，仍旧像从前那样看待我，就像我的帝国也还跟你们一样服从我的命令那时候一般。

克莉奥佩特拉 （向爱诺巴勃斯旁白）他是什么意思？

爱诺巴勃斯 （向克莉奥佩特拉旁白）他要逗他的仆人们流泪。

安东尼 今夜你们来侍候我；也许这是你们最后一次为我服役了；也许你们从此不再看见我了；也许你们所看见的，只是我的血肉模糊的影子；也许明天你们便要服侍一个新的主人。我瞧着你们，就像自己将要和你们永别了一般。我的忠实的朋友们，我不是要抛弃你们，你们尽心竭力地跟随了我一辈子，我到死也不会把你们丢弃的。今晚你们再侍候我两小时，我不再有别的要求了；愿神明保佑你们！

爱诺巴勃斯 主上，您何必向他们说这种伤心的话呢？瞧，他们都哭啦；我这蠢才的眼睛里也有些热辣辣的。算了吧，不要叫我们全都变成娘儿们吧。

安东尼 哈哈哈！该死，我可不是这个意思。你们这些眼泪，表明你们都是有良心的。我的好朋友们，你们误会了我的意思了，我本意是要安慰你们，叫你们用火把照亮这一个晚上。告诉你们吧，我的好朋友们，我对于明天抱着很大的希望；我要领导你们胜利而生，不是光荣而死。让我们去饱餐一顿，来，把一切忧虑都浸没了。（同下。）

第三场　同前。宫门前

二兵士上，各赴岗位。

兵士甲　兄弟晚安；明天是决战的日子了。

兵士乙　胜败都在明天分晓；再见。你在街道上没有听见什么怪事吗？

兵士甲　没有。你知道什么消息？

兵士乙　多半是个谣言。晚安！

兵士甲　好，晚安！

另二兵士上。

兵士乙　弟兄们，留心警戒哪！

兵士丙　你也留心点儿。晚安，晚安！（兵士甲、兵士乙各就岗位。）

兵士丁　咱们是在这儿。（兵士丙、兵士丁各就岗位）要是明天咱们的海军能够得胜，我绝对相信咱们地上的弟兄们也一定会挺得住的。

兵士丙　咱们军队是一支充满了决心的勇敢的军队。（台下吹高音笛声。）

兵士丁　别说话！什么声音？

兵士甲　听，听！

兵士乙　听！

兵士甲 空中的乐声。

兵士丙 好像在地下。

兵士丁 这是好兆，是不是？

兵士丙 不。

兵士甲 静些！这是什么意思？

兵士乙 这是安东尼所崇拜的赫剌克勒斯，现在离开他了。

兵士甲 走；让我们问问别的守兵听没听见这种声音。（四兵士行至另一岗位前。）

兵士乙 喂，弟兄们！

众兵士 喂！喂！你们听见这个声音吗？

兵士甲 听见的；这不是很奇怪吗？

兵士丙 你们听见吗，弟兄们？你们听见吗？

兵士甲 跟着这声音走，一直走到我们的界线上为止；让我们听听它怎样消失下去。

众兵士 （共语）好的。——真是奇怪得很。（同下。）

第四场　同前。宫中一室

安东尼及克莉奥佩特拉上；查米恩及余人等随侍。

安东尼 爱洛斯！我的战铠，爱洛斯！

克莉奥佩特拉 睡一会儿吧。

安东尼 不，我的宝贝。爱洛斯，来；我的战铠，爱洛斯！

爱洛斯持铠上。

安东尼 来，好家伙，替我穿上这一身战铠；要是命运今天不照顾我们，那是因为我们向她挑战的缘故。来。

克莉奥佩特拉 让我也来帮帮你。这东西有什么用处？

安东尼 啊！别管它，别管它；你是为我的心坎披上铠甲的人。错了，错了；这一个，这一个。

克莉奥佩特拉 真的，嗳哟！我偏要帮你；它应该是这样的。

安东尼 好，好；现在我们一定可以成功。你看见吗，我的好家伙？你也去武装起来吧。

爱洛斯 快些，主上。

克莉奥佩特拉 这一个扣子不是扣得很好吗？

安东尼 好得很，好得很。在我没有解甲安息以前，谁要是解开这一个扣子的，一定会听见惊人的雷雨。你怎么这样笨手笨脚的，爱洛斯；我的女王倒是一个比你能干的侍从哩。快些。啊，亲爱的！要是你今天能够看见我在战场上驰骋，要是你也懂得这一种英雄的事业，你就会知道谁是能手。

一兵士武装上。

安东尼 早安；欢迎！你瞧上去像是一个善战的健儿；我们对于心爱的工作，总是一早起身，踊跃前趋的。

兵士 主帅，时候虽然还早，弟兄们都已经装束完备，在城门口等候着您了。（喧呼声；喇叭大鸣。）

众将佐兵士上。

将佐 今天天色很好。早安，主帅！

众兵士 早安，主帅！

安东尼 孩儿们，你们的喇叭吹得很好。今天的清晨像一个立志干一番轰轰烈烈的事业的少年，很早就踏上了它的征途。

好，好；来，把那个给我。这一边；很好。再会，亲爱的，我此去存亡未卜，这是一个军人的吻。（吻克莉奥佩特拉）我不能浪费我的时间在无谓的温存里；我现在必须像一个钢铁铸成的男儿一般向你告别。凡是愿意作战的，都跟着我来。再会！（安东尼、爱洛斯及将士等同下。）

查米恩 请娘娘进去安息安息吧。

克莉奥佩特拉 你领着我。他勇敢地去了。要是他跟凯撒能够在一场单人的决斗里决定这一场大战的胜负，那可多好！那时候，安东尼——可是现在——好，去吧。（同下。）

第五场 亚历山大里亚。安东尼营地

喇叭声。安东尼及爱洛斯上；一兵士自对面上。

兵士 愿天神保佑安东尼今天大获全胜！

安东尼 我只恨当初你那满身的创瘢不曾使我听从你的话，在陆地上作战！

兵士 你早听了我的话，那许多倒戈的国王一定还追随在你的后面，今天早上也没有人会逃走了。

安东尼 谁今天逃走了？

兵士 谁！你的一个多年亲信的人。你要是喊爱诺巴勃斯的名字，他不会听见你；或许他会从凯撒的营里回答你，“我已经不是你的人了。”

安东尼 你说什么？

兵士 主帅，他已经跟随凯撒去了。

爱洛斯 他的箱笼财物都没带走。

安东尼 他去了吗?

兵士 确确实实地去了。

安东尼 去，爱洛斯，把他的钱财送还给他，不可有误；听着，什么都不要留下。写一封信给他，表示惜别欢送的意思，写好了让我在上面签一个名字；对他说，我希望他今后再也不会有同样充分的理由，使他感到更换一个主人的必要。唉！想不到我的衰落的命运，竟会使本来忠实的人也变起心来。快去。爱诺巴勃斯！（同下。）

第六场 亚历山大里亚城前。凯撒营地

喇叭奏花腔。凯撒率阿格立巴、爱诺巴勃斯及余人等同上。

凯撒 阿格立巴，你先带领一支人马出去，开始和敌人交锋。我们今天一定要把安东尼生擒活捉；你去传令全军知道。

阿格立巴 凯撒，遵命。（下。）

凯撒 全面和平的时候已经不远了；但愿今天一战成功，让这鼎足而三的世界不再受干戈的骚扰！

一使者上。

使者 安东尼已经在战场上了。

凯撒 去吩咐阿格立巴，叫那些投降过来的将士充当前锋，让安东尼向他自家的人发泄他的愤怒。（凯撒及侍从下。）

爱诺巴勃斯 艾勒克萨斯叛变了，他奉了安东尼的使命到犹太去，却劝诱希律王归附凯撒，舍弃他的主人安东尼；为了他这一个功劳，凯撒已经把他吊死。凯尼狄斯和其余叛离的将士虽然都蒙这里收留，可是谁也没有得到重用。我已经干了一件使我自己捶心痛恨的坏事，从此以后，再也不会有快乐的日子了。

一凯撒军中兵士上。

兵士 爱诺巴勃斯，安东尼已经把你所有的财物一起送来了，还有他给你的许多赏赐。那差来的人是从我守卫的地方入界的，现在正在你的帐里搬下那些送来的物件。

爱诺巴勃斯 那些东西都送给你吧。

兵士 不要取笑，爱诺巴勃斯。我说的是真话。你最好自己把那来人护送出营；我有职务在身。否则就送他走一程也没甚关系。你们的皇上到底还是一尊天神哩。（下。）

爱诺巴勃斯 我是这世上唯一的小人，最是卑鄙无耻。啊，安东尼！你慷慨的源泉，我这样反复变节，你尚且赐给我这许多黄金，要是我对你尽忠不贰，你将要给我怎样的赏赉呢！悔恨像一柄利剑刺进了我的心。如果悔恨之感不能马上刺破我这颗心，还有更加迅速的方法呢；不过我想光是悔恨也就足够了。我帮着敌人打你！不，我要去找一处最污浊的泥沟，了结我这卑劣的残生。（下。）

第七场　两军营地间的战场

号角声；鼓角齐奏声。阿格立巴及余人等上。

阿格立巴　退下去，我们已经过分深入敌军阵地了。凯撒自己正在指挥作战；我们所受的压力超过我们的预料。（同下。）

号角声；安东尼及斯凯勒斯负伤上。

斯凯勒斯　啊，我的英勇的皇上！这才是打仗！我们大家要是早一点这样出力，他们早就满头挂彩，给我们赶回老家去了。

安东尼　你的血流得很厉害呢。

斯凯勒斯　我这儿有一个伤口，本来像个丁字形，现在却已裂开来啦。

安东尼　他们败退下去了。

斯凯勒斯　我们要把他们追赶得入地无门；我身上还可以受六处伤哩。

爱洛斯上。

爱洛斯　主上，他们已经打败了；我们已经占了优势，这次一定可以大获全胜。

斯凯勒斯　让我们从背后痛击他们，就像捉兔子一般把他们一网罩住；打逃兵是一件最有趣不过的玩意儿。

安东尼　我要重赏你的鼓舞精神的谈笑，我还要把十倍的重赏酬劳你的勇敢。来。

斯凯勒斯　让我一跛一跛地跟着您走。（同下。）

第八场　亚历山大里亚城下

号角声。安东尼、斯凯勒斯率军队行进上。

安东尼　我们已经把他打回了自己的营地；先派一个人去向女王报告我们今天的战绩。明天在太阳没有看见我们以前，我们要叫那些今天逃脱性命的敌人一个个喋血沙场。谢谢各位，你们都是英勇的壮士，你们挺身作战，并不以为那是你们强制履行的义务，每一个人都把这次战争当作了自己切身的事情；你们谁都显出了赫克托一般的威武。进城去，拥抱你们的妻子朋友，告诉他们你们的战功，让他们用喜悦的眼泪洗净你们伤口的瘀血，吻愈了那光荣的创痕。（向斯凯勒斯）把你的手给我。

克莉奥佩特拉率扈从上。

安东尼　我要向这位伟大的女神夸扬你的勋劳，使她的感谢祝福你。你世上的光辉啊！你勾住我的裹着铁甲的颈项，连同你这一身盛装，穿过我的坚利的战铠，跳进我的心头，让我的喘息载着你凯旋回去吧！

克莉奥佩特拉　万君之君，你无限完美的英雄啊！你带着微笑从天罗地网之中脱身归来了吗？

安东尼　我的夜莺，我们已经把他们打退了。嘿，姑娘！虽然霜雪已经洒上我的少年的褐发，可是我还有一颗勃勃的雄心，它能够帮助我建立青春的志业。瞧这个人；让他的嘴唇沾到你手上的恩泽；吻着它，我的战士；他今天在战场上奋勇杀敌，就像一个痛恨人类的天神一样，没有人逃得过他的剑锋的诛戮。

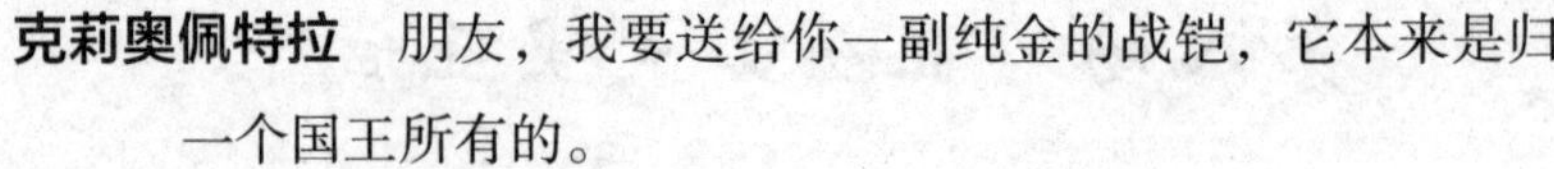

克莉奥佩特拉　朋友，我要送给你一副纯金的战铠，它本来是归一个国王所有的。

安东尼　即使它像日轮一样灿烂夺目，他也可以受之无愧。把你的手给我。通过亚历山大里亚全城，我们的大军要列队前进，兴高采烈地显示我们的威容；我们要把剑痕累累的盾牌像我们的战士一样高高举起。要是我们广大的王宫能够容纳我们全军的将士，我们一定要全体欢宴一宵，为了预祝明天的大捷而痛饮。喇叭手，尽力吹响起来，让你们的喧声震聋了全城的耳朵；和着聒噪的鼓声，使天地之间充满了一片欢迎我们的呐喊。（同下。）

第九场　凯撒营地

哨兵各守岗位。

兵士甲　在这一小时以内，要是没有人来替我们，我们必须回到警备营去。今晚星月皎洁，他们说我们在清晨两点钟就要出发作战。

兵士乙　昨天的战事使我们受到极大的打击。

爱诺巴勃斯上。

爱诺巴勃斯　夜啊！请你做我的见证——

兵士丙　这是什么人？

兵士乙　躲一躲，听他说。

爱诺巴勃斯　请你做我的见证，神圣的月亮啊，变节的叛徒在历史上将要永远留下被人唾骂的污名，爱诺巴勃斯在你的面前忏悔他的错误了！

兵士甲　爱诺巴勃斯！

兵士丙　别说话！听下去。

爱诺巴勃斯　无上尊严的忧郁的女神啊，把黑夜的毒雾降在我的身上，让生命，我的意志的叛徒，脱离我的躯壳吧；把我这一颗为悲哀所煎枯的心投掷在我这冷酷坚硬的罪恶上，让它碎成粉末，结束了一切卑劣的思想吧。安东尼啊！你的高贵的精神，是我的下贱的行为所不能仰望的，原谅我对你个人所加的伤害，可是让世人记着我是一个叛徒的魁首。啊，安东尼！啊，安东尼！（死。）

兵士乙　让我们对他说话去。

兵士甲　我们还是听他说，也许他所说的话跟凯撒有关系。

兵士丙　让我们听着吧。可是他睡着了。

兵士甲　恐怕是晕过去了；照他的祷告听起来，不像是会一下子睡着了的。

兵士乙　我们走过去看看他。

兵士丙　醒来，将军，醒来！对我们说话呀。

兵士乙　你听见吗，将军？

兵士甲　死神的手已经抓住了他。（远处鼓声）听！庄严的鼓声在催唤睡着的人醒来。让我们把他抬到警备营去；他不是一个无名之辈。该换岗的时候了。

兵士丙　那么来；也许他还会苏醒转来。（众兵士舁爱诺巴勃斯尸下。）

第十场　两军营地之间

安东尼及斯凯勒斯率军队行进上。

安东尼　他们今天准备在海上作战；在陆地上他们已经认识了我们的厉害。

斯凯勒斯　主上，我们要在海陆两方面同样向他们显显颜色。

安东尼　我希望他们会在火里风里跟我们交战，我们也可以对付得了的。可是现在我们必须带领步兵，把守着城郊附近的山头；海战的命令已经发出，他们的战舰已经出港，我们凭着居高临下的优势，可以一览无余地观察他们的动静。（同下。）

凯撒率军队行进上。

凯撒　可是在敌人开始向我们进攻以后，我们仍旧要在陆地上继续作战，因为他的主力已经都去补充舰队了。到山谷里去，占个有利的地势！（同下。）

安东尼及斯凯勒斯重上。

安东尼　他们还没有集合起来。在那株松树矗立的地方，我可以望见一切；让我去看一看形势，立刻就来告诉你。（下。）

斯凯勒斯　燕子在克莉奥佩特拉的船上筑巢；那些算命的人都说不知道这是什么预兆；他们板起了冷冰冰的面孔，不敢说出他们的意见。安东尼很勇敢，可是有些郁郁不乐；他的多磨的命运使他有时充满了希望，有时充满了忧虑。（远处号角声，如在进行海战。）

安东尼重上。

安东尼　什么都完了！这无耻的埃及人葬送了我；我的舰队已经

投降了敌人，他们正在那边高掷他们的帽子，欢天喜地地在一起喝酒，正像分散的朋友久别重逢一般。三翻四覆的淫妇！是你把我出卖给这个初出茅庐的小子，我的心现在只跟你一个人作战。吩咐他们大家散伙了吧；我只要向这迷人的妖妇报复了我的仇恨以后，我这一生也就可以告一段落了，叫他们大家散伙了吧；去。（斯凯勒斯下）太阳啊！我再也看不见你的升起了；命运和安东尼在这儿分了手；就在这儿让我们握手分别。一切到了这样的结局了吗？那些像狗一样追随我，从我手里得到他们愿望的满足的人，现在都掉转头来，把他们的甘言巧笑向势力强盛的凯撒献媚去了；剩着这一株凌霄独立的孤松，悲怅它的鳞摧甲落。我被出卖了。啊，这负心的埃及女人！这外表如此庄严的妖巫，她的眼睛能够指挥我的军队的进退，她的酥胸是我的荣冠、我的唯一的归宿，谁料她却像一个奸诈的吉卜赛人似的，凭着她的擒纵的手段，把我诱进了山穷水尽的垓心。喂，爱洛斯！爱洛斯！

克莉奥佩特拉上。

安东尼 啊！你这妖妇！走开！

克莉奥佩特拉 我的主怎么对他的爱人生气啦？

安东尼 不要让我看见你，否则我要给你咎有应得的惩罚，使凯撒的胜利大为减色了。让他捉了你去，在欢呼的民众之前把你高高举起；追随在他的战车的后面，给人们看看你是你们全体女性中最大的污点；让他们把你当作一头怪物，谁出了最低微的代价，就可以尽情饱览；让耐心的奥克泰维娅用她那准备已久的指爪抓破你的脸。（克莉奥佩特拉下）

要是活着是一件好事，那么你固然是去了的好；可是你还不如死在我的盛怒之下，因为一死也许可以避免无数比死更难堪的痛苦。喂，爱洛斯！我祖上被害的毒衣已经披上了我的身子：阿尔锡第斯[1]，我的先祖，教给我你的愤怒；让我把那送毒衣来的人抛向天空，悬挂在月亮的尖角上。让我用这一双曾经握过最沉重的武器的手，征服我最英雄的自己。这妖妇必须死；她把我出卖给那罗马小子，我中了他们的毒计；她必须因此而受死。喂，爱洛斯！（下。）

第十一场　亚历山大里亚。宫中一室

克莉奥佩特拉、查米恩、伊拉丝及玛狄恩上。

克莉奥佩特拉　扶着我，我的姑娘们！啊！他比得不到铠甲的忒拉蒙[2]还要暴躁；从来不曾有一头被猎人穷追的野猪像他那样满口飞溅着白沫。

查米恩　到陵墓里去！把您自己锁在里面，叫人告诉他您已经死了。一个大人物失去了地位，是比灵魂脱离躯壳更痛苦的。

克莉奥佩特拉　到陵墓里去！玛狄恩，你去告诉他我已经自杀了；你说我最后一句话是“安东尼”；请你用非常凄恻的声音，念出这一个名字。去，玛狄恩，回来告诉我他听见了我的死讯有什么表示。到陵墓里去！（各下。）

---

①即赫剌克勒斯。

②即埃阿斯。

第十二场　同前。另一室

安东尼及爱洛斯上。

安东尼　爱洛斯，你还看见我吗？

爱洛斯　看见的，主上。

安东尼　有时我们看见天上的云像一条蛟龙；有时雾气会化成一只熊、一头狮子的形状，有时像一座高耸的城堡、一座突兀的危崖、一堆雄峙的山峰，或是一道树木葱茏的青色海岬，俯瞰尘寰，用种种虚无的景色戏弄我们的眼睛。你曾经看见过这种现象，它们都是一些日暮的幻影。

爱洛斯　是，主上。

安东尼　现在瞧上去还像一匹马的，一转瞬间，浮云飞散了，它就像一滴水落在池里一样，分辨不出它的形状。

爱洛斯　正是这样，主上。

安东尼　爱洛斯，我的好小子，你的主帅也不过是这样一块浮云；现在我还是一个好好的安东尼，可是我却保不住自己的形体，我的小子。我为了埃及兴起一次次的战争；当我的心还属于我自己的时候，它曾经气吞百万之众，可是我让女王占有了它，我以为她的心也已经被我占有，现在我才知道她的心不是属于我的；她，爱洛斯，竟和凯撒暗中勾结，用诡计毁坏我的荣誉，使敌人得到了胜利。不，不要哭，善良的爱洛斯；我们还留着我们自己，可以替自己找个结局呢。

玛狄恩上。

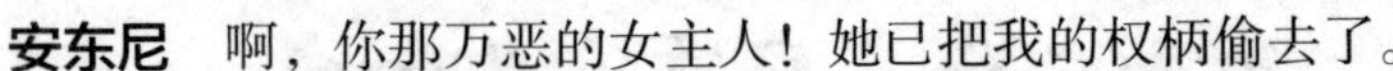

安东尼 啊，你那万恶的女主人！她已把我的权柄偷去了。

玛狄恩 不，安东尼，我那娘娘是爱你的；她的命运和你的命运完全结合在一起。

安东尼 滚开，放肆的阉人；闭住你的嘴！她欺骗了我，我不能饶她活命。

玛狄恩 人只能死一次，一死也就一了百了。你所要干的事，她早已替你干好；她最后所说的一句话是“安东尼！最尊贵的安东尼！”在一声惨痛的呻吟之中，她喊出了安东尼的名字，一半在她的嘴唇上，一半还留在她的心里。她的呼吸停止了，你的名字也就埋葬在她的胸中。

安东尼 那么她死了吗？

玛狄恩 死了。

安东尼 把战铠脱下吧，爱洛斯；永昼的工作已经完毕，我们现在该去睡了。（向玛狄恩）你送来这样的消息，还让你留着活命回去，已是给你最大的酬劳了；去。（玛狄恩下）脱下来；埃阿斯的七层的盾牌，也挡不住我心头所受的打击。啊，碎裂了吧，我的胸膛！心啊，使出你所有的力量来，把你这脆弱的胸膛爆破了吧！赶快，爱洛斯，赶快。我不再是一个军人了；残破的甲片啊，去吧；你们从前也是立过功劳的。暂时离开我一会儿。（爱洛斯下）我要追上你，克莉奥佩特拉，流着泪请求你宽恕。我非这样做不可，因为再活下去只有痛苦。火炬既然已经熄灭，还是静静地躺下来，不要深入迷途了。一切的辛勤徒然毁坏了自己所成就的事业；纵然有盖世的威力，免不了英雄末路的悲哀；从此一切撒手，也可以省下多少麻烦。爱洛斯！——我来了，我的女王！——爱洛斯！——等一等我。在灵魂们偃息在花朵上的乐园之内，我们将要携手相亲，用我们活泼泼的神情引起幽灵们的注目；狄多和她的埃涅阿斯将要失去追随的一群，到处都是我们遨游的地方。来，爱洛斯！爱洛斯！

爱洛斯重上。

爱洛斯 主上有什么吩咐？

安东尼 克莉奥佩特拉死了，我却还在这样重大的耻辱之中偷生人世，天神都在憎恶我的卑劣了。我曾经用我的剑宰割世界，驾着无敌的战舰建立海上的城市；可是她已经用一死告诉我们的凯撒，“我是我自己的征服者”了，我难道连一个女人的志气也没有吗？爱洛斯，你我曾经有约在先，到了形势危急的关头，当我看见我自己将要在敌人手里遭受无可避免的凌辱的时候，我一发出命令，你就必须立刻把我杀死；现在这个时刻已经到了，履行你的义务吧。其实你并不是杀死我，而是击败了凯撒。不要吓得这样脸色发白。

爱洛斯 天神阻止我！帕提亚人充满敌意的矢镝不曾射中您的身体，难道我却必须下这样的毒手吗？

安东尼 爱洛斯，你愿意坐在罗马的窗前，看着你的主人交叉着两臂，俯下了他的伏罪的颈项，带着满面的羞惭走过，他的前面的车子上坐着幸运的凯撒，把卑辱的烙印加在他的俘虏的身上吗？

爱洛斯 我不愿看见这种事情。

安东尼 那么来，我必须忍受些微的痛苦，解脱终身的耻辱。把你那柄曾经为国家立过功劳的剑拔出来吧。

爱洛斯 啊，主上！原谅我！

安东尼 我当初使你获得自由的时候，你不是曾经向我发誓，我叫你怎样做你就怎样做吗？赶快动手，否则你过去的勤劳，都是毫无目的的了。拔出剑来，来。

爱洛斯 那么请您转过脸去，让我看不见那为全世界所崇拜瞻仰的容颜。

安东尼 你瞧！（转身背爱洛斯。）

爱洛斯 我的剑已经拔出了。

安东尼 那么让它赶快执行它的工作吧。

爱洛斯 我的亲爱的主人，我的元帅，我的皇上，在我没有刺这残酷的一剑以前，允许我向您道别。

安东尼 很好，朋友，再会吧。

爱洛斯 再会吧，伟大的主帅！我现在就动手吗？

安东尼 现在，爱洛斯。

爱洛斯 那么好，我这样免去了安东尼的死所给我的悲哀了。（自杀。）

安东尼 比我三倍勇敢的义士！壮烈的爱洛斯啊，你把我所应该做而你所不能做的事教会我了。我的女王和爱洛斯已经用他们英勇的示范占了我的先着；可是我要像一个新郎似的奔赴死亡，正像登上恋人的卧床一样。来；爱洛斯，你的主人临死时候却是你的学生，你教给我怎样死法。（伏剑倒地）怎么！没有死？没有死？喂，卫士！啊！帮我快一点死去！

德西塔斯及众卫士上。

卫士甲 什么声音？

安东尼 朋友们，我把事情干坏了；啊！请你们替我完成我的工作吧。

卫士乙 大星陨落了！

卫士甲 时间已经终止它的运行了！

众卫士 唉，伤心！

安东尼 哪一个爱我的，把我杀死了吧。

卫士甲 我不能下这样的手。

卫士乙 我也不能。

卫士丙 谁也下不了这样的手。（众卫士下。）

德西塔斯 你手下的人看见你国破身亡，全都走散了。我只要把这柄剑拿去献给凯撒，再把这样的消息告诉他，就可以成为我的进身之阶。

狄俄墨得斯上。

狄俄墨得斯 安东尼在什么地方？

德西塔斯 那边，狄俄墨得斯，那边。

狄俄墨得斯 他活着吗？你怎么不回答我，朋友？（德西塔斯下。）

安东尼 是你吗，狄俄墨得斯？拔出你的剑来，把我刺死了吧。

狄俄墨得斯 最尊严的主上，我们娘娘克莉奥佩特拉叫我来看你。

安东尼 她什么时候叫你来的？

狄俄墨得斯 现在，我的主。

安东尼 她在什么地方？

狄俄墨得斯 关闭在陵墓里。她早就害怕会有这种事情发生；她因为看见您疑心她和凯撒有勾结——其实是完全没有这一回事的——没有法子平息您的恼怒，所以才叫人来告诉您她死了；可是她又怕这一个消息会引起不幸的结果，所以又叫我来向您说明事实的真相；我怕我来得太迟了。

安东尼 太迟了，好狄俄墨得斯。请你叫我的卫士来。

狄俄墨得斯 喂，喂！皇上的卫士呢？喂，卫士们！来，你们的主帅叫你们哪！

安东尼的卫士四五人上。

安东尼 好朋友们，把我抬到克莉奥佩特拉的所在去；这是我最后命令你们做的事了。

卫士甲 唉，唉！主上，您手下还有几个人是始终跟随着您的。

众卫士 最不幸的日子！

安东尼 不，我的好朋友们，不要用你们的悲哀使冷酷的命运在暗中窃笑；我们应该用处之泰然的态度，报复命运加于我们的凌辱。把我抬起来；一向总是我带领着你们，现在我却要劳你们抬着我走了，谢谢你们。（众舁安东尼同下。）

第十三场　同前。陵墓

克莉奥佩特拉率查米恩、伊拉丝及侍女等于高处上。

克莉奥佩特拉 啊，查米恩！我一辈子不再离开这里了。

查米恩 不要伤心，好娘娘。

克莉奥佩特拉 不，我怎么不伤心？一切奇怪可怕的事情都是受欢迎的，我就是不要安慰；我们的不幸有多么大，我们的悲哀也该有多么大。

狄俄墨得斯于下方上。

克莉奥佩特拉 怎么！他死了吗？

狄俄墨得斯 死神的手已经降在他身上，可是他还没有死。从陵墓的那一边望出去，您就可以看见他的卫士正在把他抬到这儿来啦。

卫士等舁安东尼于下方上。

克莉奥佩特拉 太阳啊，把你广大的天宇烧毁吧！人间的巨星已经消失它的光芒了。啊，安东尼，安东尼，安东尼！帮帮我，查米恩，帮帮我，伊拉丝，帮帮我；下面的各位朋友！大家帮帮忙，把他抬到这儿来。

安东尼 静些！不是凯撒的勇敢推倒了安东尼，是安东尼战胜了他自己。

克莉奥佩特拉 是的，只有安东尼能够征服安东尼；可是苦啊！

安东尼 我要死了，女王，我要死了；我只请求死神宽假片刻的时间，让我把最后的一吻放在你的唇上。

克莉奥佩特拉 我不敢，亲爱的——我的亲爱的主，恕我——我不敢，我怕他们把我捉去。我决不让全胜而归的凯撒把我作为向人夸耀的战利品；要是刀剑有锋刃，药物有灵，毒蛇有刺，我决不会落在他们的手里；你那眼光温柔、神气冷静的妻子奥克泰维娅永远没有机会在我的面前表现她的端庄贤淑。可是来，来，安东尼——帮助我，我的姑娘们——我们必须把你抬上来。帮帮忙，好朋友们。

安东尼 啊！快些，否则我要去了。

克莉奥佩特拉 嗳哟！我的主是多么的重！我们的力量都已变成重量了，所以才如此沉重。要是我有天后朱诺的神力，我一定要叫羽翼坚劲的麦鸠利负着你上来，把你放在乔武的身旁。可是只有呆子才存着这种无聊的愿望。上来点儿了。

啊！来，来，来；（众举安东尼上至克莉奥佩特拉前）欢迎，欢迎！死在你曾经生活过的地方；要是我的嘴唇能够给你生命，我愿意把它吻到枯焦。

众人 伤心的景象！

安东尼 我要死了，女王，我要死了；给我喝一点酒，让我再说几句话。

克莉奥佩特拉 不，让我说；让我高声咒骂那司命运的婆子，恼得她摔破她的轮子。

安东尼 一句话，亲爱的女王。你可以要求凯撒保护你生命的安全，可是不要让他玷污了你的荣誉。啊！

克莉奥佩特拉 生命和荣誉是不能两全的。

安东尼 亲爱的，听我说；凯撒左右的人，除了普洛丘里厄斯以外，你谁也不要相信。

克莉奥佩特拉 我不相信凯撒左右的人；我只相信自己的决心和自己的手。

安东尼 我的恶运已经到达它的终点，不要哀哭也不要悲伤；当你思念我的时候，请你想到我往日的光荣；你应该安慰你自己，因为我曾经是全世界最伟大、最高贵的君王，因为我现在堂堂而死，并没有懦怯地向我的同国之人抛下我的战盔；我是一个罗马人，英勇地死在一个罗马人的手里。现在我的灵魂要离我而去；我不能再说下去了。

克莉奥佩特拉 最高贵的人，你死了吗？你把我抛弃不顾了吗？这寂寞的世上没有了你，就像个猪圈一样，叫我怎么活下去呢？啊！瞧，我的姑娘们，（安东尼死）大地消失它的冠冕了！我的主！啊！战士的花圈枯萎了，军人的大纛摧倒了；剩下在这世上的，现在只有一群无知的儿女；杰出的英雄已经不在人间，月光照射之下，再也没有值得注目的人物了。（晕倒。）

查米恩 啊，安静些，娘娘！

伊拉丝 她也死了，我们的女王！

查米恩 娘娘！

伊拉丝 娘娘！

查米恩 啊，娘娘，娘娘，娘娘！

伊拉丝 陛下！陛下！

查米恩 静，静，伊拉丝！

克莉奥佩特拉 什么都没有了，我只是一个平凡的女人，平凡的感情支配着我，正像支配着一个挤牛奶、做贱工的婢女一样。我应该向不仁的神明怒掷我的御杖，告诉他们当他们没有偷去我们的珍宝的时候，我们这世界是可以和他们的天国互相媲美的。如今一切都只是空虚无聊；忍着像傻瓜，不忍着又像疯狗。那么在死神还不敢侵犯我们以前，就奔进了幽秘的死窟，是不是罪恶呢？怎么啦，我的姑娘们？唉，唉！高兴点儿吧！嗳哟，怎么啦，查米恩！我的好孩子们！啊，姑娘们，姑娘们，瞧！我们的灯熄了，它暗下去了，各位好朋友，提起勇气来；——我们要埋葬他，一切依照最庄严、最高贵的罗马的仪式，让死神乐于带我们同去。来，走吧；容纳着那样一颗伟大的灵魂的躯壳现在已经冰冷了；啊，姑娘们，姑娘们！我们没有朋友，只有视死如归的决心。（同下；安东尼尸身由上方舁下。）

第五幕

第一场　亚历山大里亚。凯撒营地

凯撒、阿格立巴、道拉培拉、茂西那斯、盖勒斯、普洛丘里厄斯及余人等上。

凯撒　道拉培拉，你去对他说，叫他赶快投降；他已经屡战屡败，不必再出丑了。

道拉培拉　凯撒，遵命。（下。）

德西塔斯持安东尼佩剑上。

凯撒　为什么拿了这柄剑来？你是什么人，这样大胆，竟敢闯到我们的面前？

德西塔斯　我的名字叫做德西塔斯；我是安东尼手下的人，当他叱咤风云的时候，他是我的最好的主人，我愿意为了刈除他的敌人而捐弃我的生命。要是现在你肯收容我，我也会像尽忠于他一样尽忠于你；不然的话，就请你把我杀死。

凯撒 你说什么？

德西塔斯 我说，凯撒啊，安东尼死了。

凯撒 这样一个重大的消息，应该用雷鸣一样的巨声爆发出来；地球受到这样的震动，山林中的猛狮都要奔到市街上，城市里的居民反而藏匿在野兽的巢穴里。安东尼的死不是一个人的没落，半个世界也跟着他的名字同归于尽了。

德西塔斯 他死了，凯撒；执法的官吏没有把他宣判死刑，受人雇佣的刺客也没有把他加害，是他那曾经创造了许多丰功伟绩、留下不朽的光荣的手，凭着他的心所借给它的勇气，亲自用剑贯穿了他的心胸。这就是我从他的伤口拔下来的剑，瞧它上面沾着他的最高贵的血液。

凯撒 你们都现出悲哀的脸色吗，朋友们？天神在责备我，可是这样的消息是可以使君王们眼睛里洋溢着热泪的。

阿格立巴 真是不可思议，我们的天性使我们不能不悔恨我们抱着最坚强的决意所进行的行动。

茂西那斯 他的毁誉在他身上是难分高下的。

阿格立巴 从未有过这样罕见的人才操纵过人类的命运；可是神啊，你们一定要给我们一些缺点，才使我们成为人类。凯撒受到感动了。

茂西那斯 当这样一面广大的镜子放在他面前的时候，他不能不看见他自己。

凯撒 安东尼啊！我已经追逼得你到了这样一个结局；我们的血脉里都注射着致命的毒液，今天倘不是我看见你的没落，就得让你看见我的死亡；在这整个世界之上，我们是无法并立的。可是让我用真诚的血泪哀恸你——你、我的同伴、我的一切事业的竞争者、我的帝国的分治者、战阵上的朋友和同志、我的身体的股肱、激发我的思想的心灵，我要向你发出由衷的哀悼，因为我们那不可调和的命运，引导我们到了这样分裂的路上。听我说，好朋友们——

一埃及人上。

凯撒 我再慢慢告诉你们吧。这家伙脸上的神气，好像要来报告什么重要的事情似的；我们要听听他有什么话说。你是哪儿来的?

埃及人 我是一个卑微的埃及人。我家女王幽居在她的陵墓里，这是现在唯一属于她所有的地方，她想要知道你预备把她怎样处置，好让她自己有个准备。

凯撒 请她宽心吧；我们不久就要派人去问候她，她就可以知道我们已经决定了给她怎样尊崇而优厚的待遇；因为凯撒决不是一个冷酷无情的人。

埃及人 愿神明保佑你！（下。）

凯撒 过来，普洛丘里厄斯。你去对她说，我们一点没有羞辱她的意思；好好安慰安慰她，免得她自寻短见，反倒使我们落一场空；因为我们要是能够把她活活地带回罗马去，那才是我们永久的胜利。去，尽快回来，把她所说的话和你所看见的她的情形告诉我。

普洛丘里厄斯 凯撒，我就去。（下。）

凯撒 盖勒斯，你也跟他一道去。（盖勒斯下）道拉培拉呢？我要叫他帮助普洛丘里厄斯传达我的旨意。

阿格立巴、茂西那斯 道拉培拉！

凯撒　让他去吧，我现在想起了我刚才叫他干一件事去的；他大概就会来。跟我到我的帐里来，我要让你们看看我是多么不愿意牵进这一场战争中间；虽然在戎马倥偬的当儿，我在给他的信中仍然是多么心平气和。跟我来，看看我在信中对他是怎样的态度。（同下。）

第二场　同前。陵墓

克莉奥佩特拉、查米恩及伊拉丝于高处上。

克莉奥佩特拉　我的孤寂已经开始使我得到了一个更好的生活。做凯撒这样一个人是一件无聊的事；他既然不是命运，他就不过是命运的奴仆，执行着她的意志。干那件结束一切行动的行动，从此不受灾祸变故的侵犯，酣然睡去，不必再吮吸那同样滋养着乞丐和凯撒的乳头，那才是最有意义的。

普洛丘里厄斯、盖勒斯及兵士等自下方上。

普洛丘里厄斯　凯撒问候埃及的女王；请你考虑考虑你有些什么要求准备向他提出。

克莉奥佩特拉　你叫什么名字？

普洛丘里厄斯　我的名字是普洛丘里厄斯。

克莉奥佩特拉　安东尼曾经向我提起过你，说你是一个可以信托的人；可是我现在已经用不着信托什么人，也不怕被人欺骗了。你家主人倘然想要有一个女王向他乞讨布施，你必须告诉他，女王是有女王的身份的，她要是向人乞讨，至少也得乞讨一个王国；要是他愿意把他所征服的埃及送给我的儿子，那么为了他把原来属于我自己的东西仍旧赏赐给我的偌大恩惠，我一定满心感激地向他长跪拜谢的。

普洛丘里厄斯 安心吧，您是落在一个宽宏大度的人的手里，什么都不用担忧。您要是有什么意见，尽管向我的主上提出；一切困穷无告的人，都可以沾沐他的深恩厚泽。让我回去向他报告您的臣服的诚意，您就可以知道他是一个多么仁慈的征服者。

克莉奥佩特拉 请你告诉他，我是他的命运的奴仆，我向他献呈他所应得的敬礼。每一小时我都在学习着服从的教训，希望他能够允许我瞻仰他的威容。

普洛丘里厄斯 我愿意照您的话回去报告，好娘娘。宽心吧，因为我知道那造成您目前这一种处境的人，对于您的遭遇是非常同情的。

盖勒斯 你们瞧，把她捉住是一件多么容易的事。（普洛丘里厄斯及二卫士登梯升墓至克莉奥佩特拉后。一部分卫士拔栓开各墓门，发现底层墓室。向普洛丘里厄斯及各卫士）把她好生看守，等凯撒到来发落。（下。）

伊拉丝 娘娘！

查米恩 啊，克莉奥佩特拉！你给他们捉住啦，娘娘！

克莉奥佩特拉 快，快，我的好手。（拔出匕首。）

普洛丘里厄斯 住手，娘娘，住手！（捉住克莉奥佩特拉手，将匕首夺下）不要干这种对不起您自己的事；您现在并没有被人陷害，却已经得到了解放。

克莉奥佩特拉 什么，死可以替受伤的病犬解除痛苦，难道我却连死的权利也被剥夺了吗?

普洛丘里厄斯　克莉奥佩特拉，不要毁灭你自己，辜负了我们主上的一片好心；让人们看看他的行事是多么高尚正大吧，要是你死了，他的美德岂不白白埋没了吗?

克莉奥佩特拉　死神啊，你在哪儿?来呀，来!来，来，把一个女王带了去吧，她的价值是抵得上许多婴孩和乞丐的!

普洛丘里厄斯　啊!忍耐点儿，娘娘!

克莉奥佩特拉　先生，我要不食不饮；宁可用闲谈消磨长夜，也不愿睡觉。不管凯撒使出什么手段来，我要摧残这一个易腐的皮囊。你要知道，先生，我并不愿意带着镣铐，在你家主人的庭前做一个待命的囚人，或是受那阴沉的奥克泰维娅的冷眼的嗔视。难道我要让他们把我悬吊起来，受那敌意的罗马的下贱民众的鼓噪怒骂吗?我宁愿葬身在埃及的沟壑里；我宁愿赤裸了身体，躺在尼罗河的湿泥上，让水蝇在我身上下卵，使我生蛆而腐烂；我宁愿铁链套在我的颈上，让高高的金字塔作为我的绞架!

普洛丘里厄斯　您想得太可怕了，凯撒决不会这样对待您的。

道拉培拉上。

道拉培拉　普洛丘里厄斯，你所做的事，你的主人凯撒已经知道了，他叫你去；女王归我看守。

普洛丘里厄斯　道拉培拉，那再好没有了；对她客气点儿。(向克莉奥佩特拉)您要是有什么话要对凯撒说，我可以替您转达。

克莉奥佩特拉　你去说，我要死。(普洛丘里厄斯及兵士等下。)

道拉培拉　最尊贵的女王，您有没有听见过我的名字?

克莉奥佩特拉　我不知道。

道拉培拉　您一定知道我的。

克莉奥佩特拉　先生，我听见什么、知道什么，都没有关系。当孩子和女人们把他们的梦讲给你听的时候，你不是要笑的吗？

道拉培拉　我不懂您的意思，娘娘。

克莉奥佩特拉　我梦见有一个安东尼皇帝；啊！但愿我再有这样一次睡眠，让我再看见这样一个人！

道拉培拉　请您听我说——

克莉奥佩特拉　他的脸就像青天一样，上面有两轮循环运转的日月，照耀着这一个小小的圆球。

道拉培拉　最尊贵的女王——

克莉奥佩特拉　他的两足横跨海洋；他的高举的胳臂罩临大地；他在对朋友说话的时候，他的声音有如谐和的天乐，可是当他发怒的时候，就会像雷霆一样震撼整个宇宙。他的慷慨是没有冬天的，那是一个收获不尽的丰年；他的欢悦有如长鲸泳浮于碧海之中；戴着王冠宝冕的君主在他左右追随服役，国土和岛屿是一枚枚从他衣袋里掉下来的金钱。

道拉培拉　克莉奥佩特拉——

克莉奥佩特拉　你想过去将来，会不会有像我梦见的这样一个人？

道拉培拉　好娘娘，这样的人是没有的。

克莉奥佩特拉　你说的全然是欺罔神听的谎话。然而世上要是果然有这样一个人，他的伟大一定超过任何梦想；造化虽然不能抗衡想像的瑰奇，可是凭着想像描画出一个安东尼来，那幻影是无论如何要在实体之前黯然失色的。

道拉培拉 听我说，好娘娘。您遭到这样重大的不幸，您的坚忍的毅力是和您的悲哀相称的。要是您的痛苦不曾在我心头引起同情的反响，但愿我永远没有功成名遂的一天。

克莉奥佩特拉 谢谢你，先生。你知道凯撒预备把我怎样处置吗？

道拉培拉 我不愿告诉您我所希望您知道的事。

克莉奥佩特拉 不，先生，请你说——

道拉培拉 他虽然是一个可尊敬的人——

克莉奥佩特拉 他要把我当作一个俘虏带回去夸耀他的凯旋吗？

道拉培拉 娘娘，他会这样干的；我知道他的为人。（内呼声："让开！凯撒来了！"）

凯撒、盖勒斯、普洛丘里厄斯、茂西那斯、塞琉克斯及侍从等上。

凯撒 哪一位是埃及的女王？

道拉培拉 娘娘，这位便是皇上。（克莉奥佩特拉跪。）

凯撒 起来，你不用下跪。请起来吧，埃及的女王。

克莉奥佩特拉 陛下，这是神明的意思；我必须服从我的主人。

凯撒 一切不必介意；你加于我们的伤害，虽然铭刻在我们的肌肤之上，可是我们将要使它在我们的记忆中成为偶然的事件。

克莉奥佩特拉 全世界唯一的主人，我没有话可以替我自己辩白，可是我承认我也像一般女人一样，在我的身上具备着许多可耻的女性的弱点。

凯撒 克莉奥佩特拉，你要知道，我们对于你总是一切宽大的，决不用苛刻的手段使你难堪，只要你顺从我的意志，你就会知道这一次的变化是对你有益的。可是假如你想效法安东尼的例子，使我蒙上残暴的恶名，那么你将要失去我的善意，你的孩子们都将不免一死，否则我是很愿意保障他们的安全的。我走了。

克莉奥佩特拉 愿全世界都信任您的广大的权力；整个大地都是属于您的；我们是您的胜利的标帜，您可以把我们随便悬挂在什么地方。这儿，我的主。

凯撒 你必须帮助我考虑怎样处置克莉奥佩特拉的办法。

克莉奥佩特拉 （呈手卷）这是登记着我所有的金钱珠宝的清单，一切都按照正确的估计载明价值，不值钱的琐细的东西不在其内。塞琉克斯呢？

塞琉克斯 有，娘娘。

克莉奥佩特拉 这是我的司库；我的主，请您问问他，我有没有为我自己留下什么；要是他所言不实，请治他以应得之罪。老实说吧，塞琉克斯。

塞琉克斯 娘娘，我宁愿闭住我的嘴唇，不愿说一句和事实不符的话。

克莉奥佩特拉 我藏起了什么？

塞琉克斯 您所藏起的珍宝的价值，可以抵得过您所呈献出来的一切。

凯撒 不必脸红，克莉奥佩特拉，我佩服你这件事干得聪明。

克莉奥佩特拉 瞧！凯撒！啊，瞧，有权有势的人多么被人趋附；我的人现在都变成您的人啦；要是我们易地相处，您的人也会变成我的人的。这个塞琉克斯如此没有良心，真叫人切齿痛恨。啊，奴才！你这跟买卖的爱情一样靠不住的家伙！什么！你想逃走吗？好，凭你躲到哪儿去，我要抓住你的眼珠，即使它们会长出翅膀飞走。奴才，没有灵魂的恶人，狗！啊，卑鄙不堪的东西！

凯撒 好女王，看在我的脸上，请息怒吧。

克莉奥佩特拉 啊，凯撒！今天多蒙你降尊纡贵，辱临我这柔弱无用的人，谁知道我自己的仆人竟会存着这样狠毒的居心，当面给人如此难堪的羞辱！好凯撒，假如说，我替自己保留了一些女人家的玩意儿，一些不重要的小东西，像我们平常送给泛泛之交的那一类饰物；假如说，我还另外藏起一些预备送给莉维娅和奥克泰维娅的比较值钱的纪念品，因为希望她们替我说两句好话；是不是我必须向一个被我豢养的人禀报明白？神啊！这是一个比国破家亡更痛心的打击。（向塞琉克斯）请你离开这里，否则我要从命运的冷灰里，燃起我的愤怒的余烬了。你倘是一个人，你应该同情我的。

凯撒 走开，塞琉克斯。（塞琉克斯下。）

克莉奥佩特拉 我们掌握大权的时候，往往因为别人的过失而担负世间的指责；可是我们失势以后，却谁也不把别人的功德归在我们身上，而对我们表示善意的同情。

凯撒 克莉奥佩特拉，不论是你所私藏的或是献纳的珍宝，我都没有把它们作为战利品而加以没收的意思；它们永远是属于你的，你可以把它们随意处分。相信我，凯撒不是一个唯利是图的商人，会跟人家争夺一些商人手里的货品，所以你安心吧，不要把你自己拘囚在你的忧思之中；不要这样，亲爱的女王，因为我们在决定把你怎样处置以前，还要先征求你自己的意见。吃得饱饱的，睡得好好的；我们对你非常关切而同情，你应该始终把我当作你的朋友。好，再见。

克莉奥佩特拉 我的主人和君王！

凯撒 不要这样。再见。（喇叭奏花腔。凯撒率侍从下。）

克莉奥佩特拉 他用好听的话骗我，姑娘们，他用好听的话骗我，使我不能做一个光明正大的人。可是你听我说，查米恩。（向查米恩耳语。）

伊拉丝 完了，好娘娘；光明的白昼已经过去，黑暗是我们的份了。

克莉奥佩特拉 你赶快再去一次；我已经说过，那东西早预备好了；你去催促一下。

查米恩 娘娘，我就去。

道拉培拉重上。

道拉培拉 女王在什么地方？

查米恩 瞧，先生。（下。）

克莉奥佩特拉 道拉培拉！

道拉培拉 娘娘，我已经宣誓向您掬献我的忠诚，所以我要来禀告您这一个消息：凯撒准备取道叙利亚回国，在这三天之内，他要先把您和您的孩子们遣送就道。请您自己决定应付的办法，我总算已经履行您的旨意和我的诺言了。

克莉奥佩特拉 道拉培拉，我永远感激你的恩德。

道拉培拉 我是您的永远的仆人。再会，好女王；我必须侍候凯撒去。

克莉奥佩特拉 再会，谢谢你。（道拉培拉下）伊拉丝，你看怎么样？你，一个埃及的木偶人，将要在罗马被众人观览，正像我一样；那些操着百工贱役的奴才们，披着油腻的围裙，拿着木尺斧锤，将要把我们高举起来，让大家都能看见；他们浓重腥臭的呼吸将要包围着我们，使我们不得不咽下他们那股难闻的气息。

伊拉丝　天神保佑不要有这样的事！

克莉奥佩特拉　不，那是免不了的，伊拉丝。放肆的卫士们将要追逐我们像追逐娼妓一样；歌功颂德的诗人们将要用荒腔走韵的谣曲吟咏我们；俏皮的喜剧伶人们将要把我们编成即兴的戏剧，扮演我们亚历山大里亚的欢宴。安东尼将要以一个醉汉的姿态登场，而我将要看见一个逼尖了喉音的男童穿着克莉奥佩特拉的冠服卖弄着淫妇的风情。

伊拉丝　神啊！

克莉奥佩特拉　那是免不了的。

伊拉丝　我决不让我的眼睛看见这种事情；因为我相信我的指爪比我的眼睛更强。

克莉奥佩特拉　那才是一个有志气的办法，叫他们白白准备了一场，让他们看不见他们荒谬的梦想的实现。

查米恩重上。

克莉奥佩特拉　啊，查米恩，来，我的姑娘们，替我穿上女王的装束；去把我最华丽的衣裳拿来；我要再到昔特纳斯河去和玛克·安东尼相会。伊拉丝，去。现在，好查米恩，我们必须快点；等你侍候我穿扮完毕以后，我就放你一直玩到世界的末日。把我的王冠和一切全都拿来。（伊拉丝下；内喧声）为什么有这种声音？

一卫士上。

卫士 有一个乡下人一定要求见陛下；他给您送无花果来了。

克莉奥佩特拉 让他进来。（卫士下）一件高贵的行动，却会完成在一个卑微的人的手里！他给我送自由来了。我的决心已经打定，我的全身不再有一点女人的柔弱；现在我从头到脚，都像大理石一般坚定；现在我的心情再也不像月亮一般变幻无常了。

卫士率小丑持篮重上。

卫士 就是这个人。

克莉奥佩特拉 出去，把他留在这儿。（卫士下）你有没有把那能够致人于死命而毫无痛苦的那种尼罗河里的可爱的虫儿捉来？

小丑 不瞒您说，捉是捉来了；可是我希望您千万不要碰它，因为它咬起人来谁都没有命的，给它咬死的人，难得有活过来的，简直没有一个人活得过来。

克莉奥佩特拉 你记得有什么人给它咬死吗？

小丑 多得很哪，男的女的全有。昨天我还听见有一个人这样死了；是一个很老实的女人，可是她也会撒几句谎，一个老实的女人是可以撒几句谎的，她就是给它咬死的，死得才惨哩。不瞒您说，她把这条虫儿怎样咬她的情形活灵活现地全讲给人家听啦；不过她们的话也不是完全可以相信的。总而言之，这是一条古怪的虫，这可是没有错儿的。

克莉奥佩特拉 你去吧；再会！

小丑 但愿这条虫儿给您极大的快乐！（将篮放下。）

克莉奥佩特拉 再会！

小丑 您可要记着，这条虫儿也是一样会咬人的。

克莉奥佩特拉 好，好，再会！

小丑 你还要留心，千万别把这条虫儿交在一个笨头笨脑的人手里；因为这是一条不怀好意的虫。

克莉奥佩特拉 你不必担忧，我们留心着就是了。

小丑 很好。请您不用给它吃什么东西，因为它是不值得养活的。

克莉奥佩特拉 它会不会吃我？

小丑 您不要以为我是那么蠢，我也知道就是魔鬼也不会吃女人的，我知道女人是天神的爱宠，要是魔鬼没有把她弄坏。可是不瞒您说，这些婊子生的魔鬼老爱跟天神捣蛋，天神造下来的女人，十个中间倒有五个是给魔鬼弄坏了的。

克莉奥佩特拉 好，你去吧；再会！

小丑 是，是；我希望这条虫儿给您快乐！（下。）

伊拉丝捧冠服等上。

克莉奥佩特拉 把我的衣服给我，替我把王冠戴上；我心里怀着永生的渴望；埃及葡萄的芳酿从此再也不会沾润我的嘴唇。快点，快点，好伊拉丝；赶快。我仿佛听见安东尼的呼唤；我看见他站起来，夸奖我的壮烈的行动；我听见他在嘲笑凯撒的幸运；我的夫，我来了。但愿我的勇气为我证明我可以做你的妻子而无愧！我是火，我是风；我身上其余的原素，让它们随着污浊的皮囊同归于腐朽吧。你们好了吗？那么来，接受我嘴唇上最后的温暖。再会，善良的查米恩、伊拉丝，永别了！（吻查米恩、伊拉丝，伊拉丝倒地死）难道我的嘴唇上也有毒蛇的汁液吗？你倒下了吗？要是你这样轻轻地就和生命分离，那么死神的刺击正像情人手下的一捻，虽然疼痛，却是心愿的。你静静地躺着不动了吗？要是你就这样死了，你分明告诉世人，死生之际，连告别的形式也是多事的。

查米恩 溶解吧，密密的乌云，化成雨点落下来吧；这样我就可以说，天神也伤心得流起眼泪来了。

克莉奥佩特拉 我不应该这样卑劣地留恋着人间；要是她先遇见了鬈发的安东尼，他一定会向她问起我；她将要得到他的第一个吻，夺去我天堂中无上的快乐。来，你杀人的毒物，（自篮中取小蛇置胸前）用你的利齿咬断这一个生命的葛藤吧；可怜的蠢东西，张开你的怒口，赶快完成你的使命。啊！但愿你能够说话，让我听你称那伟大的凯撒为一头无谋的驴子。

查米恩 东方的明星啊！

克莉奥佩特拉 静，静！你没有见我的婴孩在我的胸前吮吸乳汁，使我安然睡去吗？

查米恩 啊，我的心碎了！啊，我的心碎了！

克莉奥佩特拉 像香膏一样甜蜜，像微风一样温柔——啊，安东尼！——让我把你也拿起来。（取另一蛇置臂上）我还有什么留恋呢——（死。）

查米恩 在这万恶的世间？再会吧！现在，死神，你可以夸耀了，一个绝世的佳人已经为你所占有。软绵绵的窗户啊，关上了吧；闪耀着金光的福玻斯再也看不见这样一双华贵的眼睛！你的王冠歪了，让我替你戴正，然后我也可以玩去了。

众卫士疾趋上。

卫士甲 女王在什么地方？

查米恩 说话轻一些，不要惊醒她。

卫士甲 凯撒已经差了人来——

查米恩 来得太迟了。（取一蛇置胸前）啊！快点，快点；我已经有点觉得了。

卫士甲 喂，过来！事情不大对；凯撒受了骗啦。

卫士乙 凯撒差来的道拉培拉就在外边；叫他来。

卫士甲 这儿出了什么事啦！查米恩，这算是你们干的好事吗？

查米恩 干得很好，一个世代冠冕的王家之女是应该堂堂而死的。啊，军人！（死。）

道拉培拉上。

道拉培拉 这儿发生了什么事啦？

卫士乙 都死了。

道拉培拉 凯撒，你也曾想到她们会采取这种惊人的行动，虽然你想竭力阻止她们，她们毕竟做出来给你看了。（内呼声，“让开！凯撒来了！”）

凯撒率全体扈从重上。

道拉培拉 啊！主上，您真是未卜先知；您的担忧果然成为事实了。

凯撒 她最后终究显出了无比的勇敢；她推翻了我们的计划，为了她自身的尊严，决定了她自己应该走的路。她们是怎样死的？我没有看见她们流血。

道拉培拉 什么人最后跟她们在一起？

卫士甲 一个送无花果来的愚蠢的乡人；这就是他的篮子。

凯撒 那么一定是服了毒啦。

卫士甲 啊，凯撒！这查米恩刚才还活着；她还站着说话；我看见她在替她已死的女王整饬那头上的宝冠；她的身子发抖，她站立不稳，于是就突然倒在地上。

凯撒 啊，英勇的柔弱！她们要是服了毒药，她们的身体一定会发肿；可是瞧她好像睡去一般，似乎在她温柔而有力的最后挣扎之中，她要捉住另外一个安东尼的样子。

道拉培拉 这儿在她的胸前有一道血痕，还有一个小小的裂口；在她的臂上也是这样。

卫士甲 这是蛇咬过的痕迹；这些无花果叶上还有粘土，正像在尼罗河沿岸那些蛇洞边所长的叶子一样。

凯撒 她多半是这样死去的；因为她的侍医告诉我，她曾经访求无数易死的秘方。抬起她的眠床来；把她的侍女抬下陵墓。她将要和她的安东尼同穴而葬；世上再也不会有第二座坟墓怀抱着这样一双著名的情侣。像这样重大的事件，亲手造成的人也不能不深深感动；他们这一段悲惨的历史，成就了一个人的光荣，可是也赢得了世间无限的同情。我们的军队将要用隆重庄严的仪式参加他们的葬礼，然后再回到罗马去。来，道拉培拉，我们对于这一次饰终盛典，必须保持非常整肃的秩序。（同下。）

血海歼仇记

剧中人物

萨特尼纳斯　罗马前皇之子，后即位称帝

巴西安纳斯　萨特尼纳斯之弟，与拉维妮娅相恋

泰特斯·安德洛尼克斯　征讨哥特人之罗马大将

玛克斯·安德洛尼克斯　护民官，泰特斯之弟

路歇斯
昆塔斯
马歇斯
缪歇斯　　泰特斯·安德洛尼克斯之子

小路歇斯　路歇斯之幼子

坡勃律斯　玛克斯·安德洛尼克斯之子

辛普洛涅斯
卡厄斯
凡伦丁　　泰特斯之亲族

伊米力斯　罗马贵族

阿拉勃斯
狄米特律斯
契伦　　塔摩拉之子

艾伦　摩尔人，塔摩拉之嬖奴

哥特将士，罗马将士等

塔摩拉　哥特女王

拉维妮娅　泰特斯·安德洛尼克斯之女

乳媪，黑婴

元老、护民官、将官、兵士、侍从、使者、乡人及罗马人民等

地　点

罗马及其附近郊野

第一幕

第一场　罗马

安德洛尼克斯家族坟墓遥见。护民官及元老等列坐上方；萨特尼纳斯及其党徒自一门上，巴西安纳斯及其党徒自另一门上，各以旗鼓前导。

萨特尼纳斯　尊贵的卿士们，我的权利的保护人，用武器捍卫我的合法的要求吧；同胞们，我的亲爱的臣僚，用你们的宝剑争取我的继承的名分吧：我是罗马前皇的长子，让我父亲的尊荣在我的身上继续，不要让这时代遭受非礼的侮蔑。

巴西安纳斯　诸位罗马人，朋友们，同志们，我的权利的拥护者，要是巴西安纳斯，凯撒的儿子，曾经在尊贵的罗马眼中邀荷眷注，请你们守卫这一条通往圣殿的大路，不要让耻辱玷污皇座的尊严；这一个天命所集的位置，是应该为秉持正义、淡泊高尚的人所占有的。让功业德行在大公无私的选举中放射它的光辉；罗马人，你们的自由能否保全，在此一举，认清你们的目标而奋斗吧。

玛克斯·安德洛尼克斯捧皇冠自上方上。

玛克斯 两位皇子，你们各拥党羽，雄心勃勃地争取国柄和皇座，我们现在代表民众告诉你们：罗马人民已经众口一辞，公举素有忠诚之名的安德洛尼克斯作为统治罗马的君王，因为他曾经为罗马立下许多丰功伟绩，在今日的邦城之内，没有一个比他更高贵的男子，更英勇的战士。他这次奉着元老院的召唤，从征讨野蛮的哥特人的辛苦的战役中回国；凭着他们父子使敌人破胆的声威，已经镇伏了一个强悍善战的民族。自从他为了罗马的光荣开始出征、用武力膺惩我们敌人的骄傲以来，已经费了十年的时间；他曾经五次流着血护送他的战死疆场的英勇的儿子们的灵榇回到罗马来；现在这位善良的安德洛尼克斯，雄名远播的泰特斯，终于满载着光荣的战利品，旌旗招展，奏凯班师了。凭着你们所希望克绳遗武的先皇陛下的名义，凭着你们在表面上尊崇的议会的权力，让我们请求你们各自退下，解散你们的随从，用和平而谦卑的态度，根据你们本身的才德，提出你们合法的要求。

萨特尼纳斯 这位护民官说得很好，他使我的心安静下来了！

巴西安纳斯 玛克斯·安德洛尼克斯，我信任你的公平正直；我敬爱你，也敬爱你的高贵的兄长泰特斯和他的英勇的儿子们，我尤其敬爱我所全心倾慕的温柔的拉维妮娅，罗马的贵重的珍饰；我愿意在这儿遣散我的亲爱的朋友们，把我的正当的要求委之于命运和人民的意旨。（巴西安纳斯党羽下。）

萨特尼纳斯 朋友们，谢谢你们为了我的权利而如此出力，现在你们都退下去吧；我把自身的利害，正义的存亡，都信托于祖国的公意了。（萨特尼纳斯党羽下）罗马，正像我对你深信不疑一样，愿你用公平仁爱的精神对待我。开门，让我进来。

巴西安纳斯 各位护民官，也让我这卑微的竞争者进来。（喇叭奏花腔；萨特尼纳斯、巴西安纳斯二人升阶入议会。）

一将官上。

将官 罗马人，让开！善良的安德洛尼克斯，正义的保护者，罗马最好的战士，已经用他的宝剑征服罗马的敌人，带着光荣和幸运，战胜回来了。

鼓角齐鸣；马歇斯及缪歇斯前行，二人抬棺，棺上覆黑布，路歇斯及昆塔斯随后。泰特斯·安德洛尼克斯领队，率塔摩拉、阿拉勃斯、契伦、狄米特律斯、艾伦及其他哥特俘虏续上，兵士人民等后随。抬棺者将棺放下，泰特斯发言。

泰特斯 祝福，罗马，在你的丧服之中得到了胜利的光荣！瞧！像一艘满载着珍宝的巨船回到它最初启碇的口岸一样，安德洛尼克斯戴着桂冠，用他的眼泪，因生还罗马而流下的真诚的喜悦之泪，向他的祖国致敬了。这一座圣殿的伟大的保卫者啊，仁慈地鉴临着我们将要举行的仪式吧！罗马人，我曾经有二十五个勇敢的儿子，普里阿摩斯王诸子的半数，瞧，现在活的死的，一共还剩多少！这几个活着的，让罗马用恩宠报答他们；这几个新近战死的，我要把他们葬在祖先的坟地上；哥特人已经允许我把我的宝剑插进鞘里了。泰特斯，你这不慈不爱的父亲，为什么你还不把你的儿子们安葬，害他们在可怕的冥河之滨徘徊？让他们长眠在他们兄弟的身旁吧。（开墓）沉默地会晤你们的亲人，平静地安睡吧，你们是为祖国而捐躯的！啊，埋藏着我所喜爱者的神库，正义和勇敢的美好的巢穴，你已经容纳了我多少个儿子，你是再也不会把他们还给我的了！

路歇斯 把哥特人中间最骄贵的俘虏交给我们，让我们砍下他的四肢，在我们兄弟埋骨的坟墓之前把他烧死，作为献祭亡灵的礼品；让阴魂可以瞑目地下，不致于为祟人间。

泰特斯 我把生存的敌人中间最尊贵的一个交付给你，这位痛苦的女王的长子。

塔摩拉 且慢，罗马的兄弟们！仁慈的征服者，胜利的泰特斯，怜悯我所挥的眼泪，一个母亲为了哀痛她的儿子所挥的眼泪吧！要是你曾经爱过你的儿子，啊！请你想一想我的儿子对于我也是同样亲爱的。我们已经成为你的囚人，屈服于罗马的威力之下，被俘到罗马来，夸耀你的光荣的凯旋了；难道这还不够，还必须把我的儿子们屠戮在市街上，因为他们曾经为他们自己的国家出力吗？啊！要是在你们国中，为君主和国家而战是一件应尽的责任，那么在我们国中也是一样的。安德洛尼克斯，不要用鲜血玷污你的坟墓。你要效法天神吗？你就该效法他们的慈悲；慈悲是高尚人格的真实标记。尊贵的泰特斯，赦免我的长子吧！

泰特斯 您忍耐点儿吧，娘娘，原谅我。这些已死的都是他们的兄弟，你们哥特人曾经看见他们怎样以身殉国；现在他们为了已死的兄弟诚心要求一件祭礼，您的儿子已经被选中了，他必须用一死安慰那些愤懑的幽魂。

路歇斯 把他带下去！立刻生起火来；在一堆木柴之上，让我们用宝剑支解他的身体，直到烈火把他烧成一堆焦炭。

（路歇斯、昆塔斯、马歇斯、缪歇斯牵阿拉勃斯下。）

塔摩拉 啊，残酷的、伤天害理的行为！

契伦 西徐亚的土人有他们一半野蛮吗？

狄米特律斯 不要把西徐亚和野心的罗马相比。阿拉勃斯去安息了，我们这些未死的囚徒，只有在泰特斯的狰狞的目光下颤栗。所以，母亲，我们还是坚决地希望着，那曾经帮助特洛亚王后向色雷斯的暴君复仇[①]的天神们，也会照顾哥特人的女王塔摩拉，向她的敌人报复血海深仇。

路歇斯、昆塔斯、马歇斯、缪歇斯各持血剑重上。

路歇斯 瞧，父亲，我们已经举行了我们罗马的祭礼。阿拉勃斯的四肢都被我们割了下来，他的脏腑投在献祭的火焰之中，那烟气像燃烧的香料一样熏彻天空。现在我们只要送我们的兄弟入土，高鸣号角欢迎他们回到罗马来。

泰特斯 很好，让安德洛尼克斯向他们的灵魂作这一次最后的告别。（喇叭吹响，棺材下墓）在平和与光荣之中安息吧，我的孩子们；罗马的最勇敢的战士，这儿你们受不到人世的侵害和意外的损伤，安息吧！这儿没有潜伏的阴谋，没有

①此处系指特洛亚王后赫卡柏之子波吕多洛斯为色雷斯王林涅斯托所谋杀之事；特洛亚城陷后，赫卡柏乃往复仇，抉其双目。

暗中生长的嫉妒，没有害人的毒药，没有风波，没有喧哗，只有沉默和永久的睡眠；在平和与光荣之中安息吧，我的孩子们！

拉维妮娅上。

拉维妮娅 愿泰特斯将军在平安与光荣之中安享长年；我的尊贵的父亲，愿你活着受到世人的景仰！瞧！在这坟墓之前，我用一掬哀伤的眼泪向我的兄弟们致献我追思的敬礼；我还要跪在你的足下，用喜悦的眼泪浇洒泥土，因为你已经无恙归来。啊！用你胜利的手为我祝福吧！

泰特斯 仁慈的罗马，感谢你温情的庇护，为我保全了这一个暮年的安慰！拉维妮娅，生存吧；愿你的寿命超过你的父亲，你的贤淑的声名永垂不朽！

玛克斯·安德洛尼克斯及众护民官、萨特尼纳斯、巴西安纳斯及余人等重上。

玛克斯 泰特斯将军，我的亲爱的兄长，罗马眼中仁慈的胜利者，愿你长生！

泰特斯 谢谢，善良的护民官，玛克斯贤弟。

玛克斯 欢迎，侄儿们，你们这些奏凯回来的生存的英雄和流芳万世的长眠的壮士！你们为国献身，国家一定会给你们同样隆重的褒赏；可是这庄严的葬礼，却是更肯定的凯旋，他们已经超登极乐，战胜命运的无常，永享不朽的美名了。泰特斯·安德洛尼克斯，你一向就是罗马人民的公正的朋友，他们现在推举我——他们所信托的护民官——把这一件洁白无疵的长袍送给你，并且提出你的名字，和这两位前皇的世子并列，作为罗马皇位的候选人。所以，请你答应参加竞选，披上这件白袍，帮助无主的罗马得到一个元首吧。

泰特斯 罗马的光荣的身体上不该安放一颗老迈衰弱的头颅。为什么我要穿上这件长袍，连累你们呢？也许我今天受到推戴，明天就会撒手长逝，那不是又要害你们多费一番忙碌吗？罗马，我已经做了四十年你的军人，带领你的军队东征西讨，不曾遭过败衄；我已经埋葬了二十一个在战场上建立功名、为了他们高贵的祖国而慷慨捐躯的英勇的儿子。给我一支荣誉的手杖，让我颐养我的晚年；不要给我统治世界的权标，那最后握着它的，各位大人，应该是一位聪明正直的君主。

玛克斯 泰特斯，你可以要求皇位，你的要求将被接受。

萨特尼纳斯 骄傲而野心勃勃的护民官，你有这个把握吗？

泰特斯 不要恼，萨特尼纳斯皇子。

萨特尼纳斯 罗马人，给我合法的权利。贵族们，拔出你们的剑来，直到萨特尼纳斯登上罗马的皇座，再把它们插入鞘中。安德洛尼克斯，我但愿把你送下地狱，要是你想夺取民众对我的信心！

路歇斯 骄傲的萨特尼纳斯，你还不知道光明磊落的泰特斯预备怎样照顾你，就这样口出狂言。

泰特斯 安心吧，皇子；我会使人民放弃他们原来的意见，使你重新得到他们的爱戴。

巴西安纳斯 安德洛尼克斯，我并不谄媚你，我只是尊敬你，我将要尊敬你直到我死去。要是你愿意率领你的友人加强我的阵营，我一定非常感激你；对于心地高尚的人，感谢是无上的酬报。

泰特斯 罗马的人民和各位在座的护民官，我要求你们的同意和赞助：你们愿意接受安德洛尼克斯的建议吗?

众护民官 为了使善良的安德洛尼克斯得到满足，为了庆贺他安返罗马，人民愿意接受他所赞助的人。

泰特斯 诸位护民官，我谢谢你们；我要向你们提出这个要求，请你们推戴你们前皇的长子萨特尼纳斯殿下践履皇位；我希望他的贤德将会普照罗马，就像日光照射大地一样，在这国土之上结成正义的果实。要是你们愿意听从我的建议，就请把皇冠加在他的头上，高呼“吾皇万岁！”

玛克斯 在全国人民不分贵贱一致的推戴拥护之下，我们宣布萨特尼纳斯殿下为罗马伟大的皇帝；萨特尼纳斯吾皇万岁！

（喇叭奏长花腔。）

萨特尼纳斯 泰特斯·安德洛尼克斯，为了你今天推戴的功劳，我不但给你口头的感谢，还要用实际行动报答你的好意。我要光大你的荣誉和你的家族的盛名，泰特斯，第一步我要使拉维妮娅做我的皇后，罗马的尊严的女主人，我的意中的爱宠；我要在神圣的万神殿中和她举行婚礼。告诉我，安德洛尼克斯，这个建议使你满意吗?

泰特斯 是，陛下；蒙陛下不弃下婚，真是莫大的恩荣。当着罗马人民的面前，我把我的宝剑，我的战车和我的俘虏，这些适合于呈奉罗马皇座的礼物，献给萨特尼纳斯，我们全体国民的君王和主帅，统治这一个广大的世界的皇帝。请陛下鉴纳愚诚，接受我这卑微的贡献。

萨特尼纳斯 谢谢你，尊贵的泰特斯，我的生命的父亲！罗马的

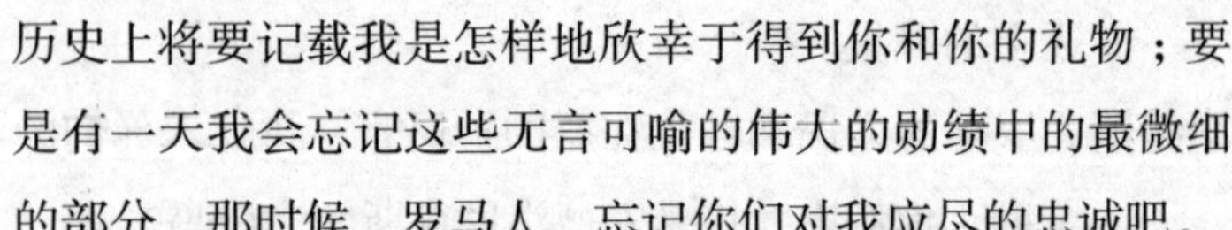

历史上将要记载我是怎样地欣幸于得到你和你的礼物；要是有一天我会忘记这些无言可喻的伟大的勋绩中的最微细的部分，那时候，罗马人，忘记你们对我应尽的忠诚吧。

泰特斯 （向塔摩拉）现在，娘娘，您是一个皇帝的俘虏了；他将要按照您的尊贵的地位，给您和您的从者们适当的礼遇。

萨特尼纳斯 好一个绝色的佳人；要是让我重新选择，这才是我所要选择的配偶。美貌的王后，扫清你脸上的愁云吧；虽然一时的胜败改变了你的处境，你不会在罗马遭受侮辱，你在各方面都要得到优渥的待遇。相信我的话，不要让懊恼消沉你一切的希望；夫人，那能够使你享受比哥特人的女王更大的荣华的人在安慰你了。拉维妮娅，你听我这样说了，不会生气吗？

拉维妮娅 不，陛下；因为您真正高贵的品格向我保证这些话不过表示高尚的谦恭罢了。

萨特尼纳斯 谢谢，亲爱的拉维妮娅。罗马人，让我们走吧；这些俘虏都一起释放，不要他们的赎金。各位贤卿，吹起喇叭擂起鼓来，宣布我们今天的盛典。（喇叭奏花腔。萨特尼纳斯向塔摩拉作手势求爱。）

巴西安纳斯 泰特斯将军，恕我，这位女郎是属于我的。

（夺拉维妮娅。）

泰特斯 怎么，殿下！您不是在开玩笑吗？

巴西安纳斯 不，尊贵的泰特斯；我已经下了决心，坚持我应有的权利。

玛克斯 物各有主，这位皇子夺回他自己的情人并不是非法逾分的行为。

路歇斯　只要路歇斯活在世上，谁也不能阻止他。

泰特斯　好一伙反贼，都给我滚开！皇上的卫队呢？反了，陛下！拉维妮娅被人抢走了。

萨特尼纳斯　抢走了！什么人敢把她抢走？

巴西安纳斯　把她抢走的，是一个有权力把他的未婚妻带到远离人世的地方去的人。（玛克斯及巴西安纳斯挟拉维妮娅下。）

缪歇斯　兄弟们，帮助他们护送她离开这地方，这一扇门归我仗剑把守。（路歇斯、昆塔斯、马歇斯同下。）

泰特斯　跟我走，陛下，我立刻就去把她夺回来。

缪歇斯　父亲，您不能打这儿通过。

泰特斯　什么！逆子，不让我在罗马通行吗？（刺缪歇斯。）

缪歇斯　救命，路歇斯，救命！（死。）

路歇斯重上。

路歇斯　父亲，您太狠心了；您不该在无理的争吵中杀了您的儿子。

泰特斯　你、他，都不是我的儿子；我的儿子决不会给我这样的羞辱。反贼，快把拉维妮娅还给皇上。

路歇斯　您可以叫她死，却不能叫她放弃原来的婚约另嫁旁人。（下。）

萨特尼纳斯　不，泰特斯，不；皇帝不需要她；她、你、你家里的人，我一个也用不着。我宁可信任一个曾经嘲笑我的人，可再也不愿相信你，或是你的叛逆傲慢的儿子们，你们都是故意这样串通了来羞辱我的。难道罗马没有别人，只有一个萨特尼纳斯是可以给人玩弄的吗？安德洛尼克斯，像这样的行为也会当着我的面前干出来，怪不得你要向人夸口，说我的皇位是从你的手里讨来的了。

泰特斯 嗳哟！这一番责备的话是从哪里说起！

萨特尼纳斯 去吧；去把那朝三暮四的东西给那为了她挥刀舞剑的家伙吧。恭喜你招到一位勇敢的女婿，你的不法的儿子们可以有一个打架的对手，扰乱罗马国境之内的安宁了。

泰特斯 这些话就像刺刀一样，刺痛了我的受伤的心。

萨特尼纳斯 所以，可爱的塔摩拉，哥特人的女王，你像庄严的菲苾卓立在她周遭的女神之间一样，使罗马最美的妇人黯然失色，要是你不嫌唐突，瞧吧，我选择你，塔摩拉，做我的新娘，我将要把你立为罗马的皇后。说，哥特人的女王，你赞同我的选择吗？这儿我指着一切罗马的神明起誓，因为祭司和圣水无需远求，蜡烛点燃得这样光明，一切都已准备着迎迓许门的降临；我要在这儿和我的新娘举行婚礼以后，再和她携手同出，巡行罗马的街道，跨进我的宫门。

塔摩拉 苍天在上，听我向罗马起誓，要是萨特尼纳斯宠纳哥特人的女王，她愿意做一个侍候他的意旨的奴婢，一个温柔体贴的保姆，一个爱护他的青春的慈母。

萨特尼纳斯 美貌的女王，登上万神殿去吧。各位贤卿，陪伴你们的皇帝和他的可爱的新娘一同进来；她是上天赐给萨特尼纳斯皇子的，他的智慧已经征服了她的命运。我们在圣殿之内，将要完成我们的婚礼。（除泰特斯外均下。）

泰特斯 他不曾叫我去侍候这位新娘。泰特斯，你生平什么时候曾经众叛亲离，受到这样的羞辱？

玛克斯、路歇斯、昆塔斯及马歇斯重上。

玛克斯 啊！泰特斯，瞧！啊！瞧你干了什么事；你已经在一场无理的争吵中杀死了一个贤德的儿子。

泰特斯 不，愚蠢的护民官，不；他不是我的儿子，你也不是我的兄弟，我一个也不认识你们；你们结党同谋，干出这样贻羞家门的事来；不肖的兄弟，不肖的儿子！

路歇斯 可是让我们按照他的身分把他埋了；把缪歇斯跟我们的兄弟们葬在一起吧。

泰特斯 反贼们，滚开！他不能安息在这座坟墓里。这巍峨的丘陇，已经经历了五百年的岁月，我曾经几度把它隆重修建，在这儿光荣地长眠着的，都是军人和罗马的忠仆，没有一个是在口角斗殴之中卑劣地丧命的。随便你们找一个什么地方把他埋葬了吧；这儿没有他的地位。

玛克斯 兄长，你这未免太没有骨肉之情了。我的侄儿缪歇斯的行为可以替他自己辩护；他必须和他的兄弟们葬在一起。

昆塔斯、马歇斯 他必须和他们合葬，否则我们愿意和他同死。

泰特斯 他必须！哪一个混蛋敢说这句话？

昆塔斯 倘不是因为在您的面前，说这句话的人一定要用行动保证这句话的实现。

泰特斯 什么！你们胆敢反抗我的意旨把他埋葬吗？

玛克斯 不，尊贵的泰特斯；我们请求你宽恕缪歇斯，让我们把他葬了。

泰特斯 玛克斯，你竟也向我这样公然顶撞，跟这些孩子们联合起来伤害我的荣誉；我把你们每一个人都看作我的仇敌；不要再跟我纠缠了，一起给我滚吧！

马歇斯 他已经疯了；我们走吧。

昆塔斯 在缪歇斯的尸骨没有安葬以前，我是不走的。（玛克斯及泰特斯诸子下跪。）

玛克斯 哥哥，让兄弟骨肉之情打动你的心——

昆塔斯 爸爸，愿您俯念父子之情——

泰特斯 算了，不要说下去了。

玛克斯 著名的泰特斯，我的心灵的主体所在——

路歇斯 亲爱的爸爸，我们大家的身心的主宰——

玛克斯 让你的兄弟玛克斯把他的英勇的侄儿安葬在这些忠臣义士的中间，因为他是为了拉维妮娅的缘故光荣地死去的。你是一个罗马人，不要像野蛮人一般；当初埃阿斯自杀了，聪明的俄底修斯曾经请求把他隆重入殓，希腊人经过考虑，还是把他依礼入葬了。缪歇斯曾经是你所心爱的孩子，让他进入这一座墓门吧。

泰特斯 起来，玛克斯，起来。今天是我一生中最不幸的日子，在罗马被我的儿子们所羞辱！好，把他葬了，回头再来葬了我吧。（缪歇斯尸身置入墓中。）

路歇斯 这儿长眠着你的骸骨，亲爱的缪歇斯，和你的亲人们在一起；等候着我们用战利品来装饰你的坟墓吧。

众人 （跪）没有人为英勇的缪歇斯流泪；他为正义而死，生存在荣誉之中。

玛克斯 把这些伤心的事情先搁在一旁，兄长，那哥特人的狡猾的王后怎么一下子就在罗马得到这样的恩宠？

泰特斯 我不知道，玛克斯；我只知道有这么一回事，天才知道这里头有没有什么诡计。她不是应该感激那使她得到这样极大幸运的人吗？

玛克斯 是的，她一定会重重酬答他的。

喇叭奏花腔。萨特尼纳斯率侍从及塔摩拉、狄米特律斯、契伦、艾伦等自一方上；巴西安纳斯、拉维妮娅及余人等自另一方重上。

萨特尼纳斯 好，巴西安纳斯，你已经夺到你的锦标；恭喜你得了一位美貌的新娘！

巴西安纳斯 我也要同样恭喜你，陛下！我没有别的话说，愿你快乐；再会。

萨特尼纳斯 反贼，要是罗马还有法律，我还有权力的话，你和你的同党免不了有一天会懊悔这种奸占的行为。

巴西安纳斯 陛下，我夺回明明和我订有婚约的爱人，现在她已成为我的妻子了，你却说这是奸占吗？可是让罗马的法律决定一切吧；我所占有的是属于我自己的。

萨特尼纳斯 很好，你敢在我面前这样放肆，总有一天我要叫你知道我的厉害。

巴西安纳斯 陛下，我所干的事，必须由我自己担当，决不诿卸我的责任。只有这一点是我希望你明白的：这位高贵的骑士，泰特斯将军，是被你误解了，他在名誉上已经横蒙不白之冤；他为了尽忠于你，看见他对你的慷慨的许诺遭到意外的阻挠，在争夺拉维妮娅的过程之中，由于一时的气愤，已经亲手杀死了他的幼子；他已经用他一切的行为，证明他对于你和罗马是一个父亲和一个朋友，萨特尼纳斯，不要错怪他吧。

泰特斯 巴西安纳斯皇子，不要为我的行为辩护；都是你和那一伙人使我遭到这样的羞辱。罗马和公正的天庭可以为我作证，我是多么敬爱萨特尼纳斯！

塔摩拉 陛下，要是塔摩拉曾经在您尊贵的眼中辱蒙见爱，请听我说一句没有偏心的话；亲爱的，听从我的请求，把已成过去的事情忘怀了吧。

萨特尼纳斯 什么，御妻！被人公然侮辱，却卑怯地不知报复，就这样隐忍了事吗？

塔摩拉 不是这样说，陛下；要是我使你做了不名誉的事，罗马的神明也会不容我的！可是我敢凭着我的荣誉担保善良的泰特斯将军在一切事情上都是无罪的，他的真诚的愤怒说明了他的内心的悲痛。所以，听从我的请求，用温和的眼光看待他吧；不要因为无稽的猜测而失去这样一个高贵的朋友，更不要用恼怒的脸色刺痛他的善良的心。（向萨特尼纳斯旁白）陛下，听我的话，不要固执，把你的一切愤恨暂时遮掩一下；你现在即位未久，不要把人民和贵族赶到泰特斯一方面去，使他们觉得你是忘恩负义而把你废黜，因为忘恩负义在罗马人看来是一桩极大的罪恶。听从我的请求，一切都在我的身上；我会有一天杀得他们一个不留，把他们的党羽和宗族剪除干净；那残忍的父亲和他的叛逆的儿子们，我要叫他们抵偿我的爱子的性命，使他们知道让一个王后当街长跪，哀求他们俯赐矜怜而无动于衷，会有些什么报应。（高声）来，来，好皇帝；来，安德洛尼克斯；扶起这位好老人家来，安慰安慰他那在您满脸的怒色中濒于死去的心吧。

萨特尼纳斯 起来，泰特斯，起来；我的皇后已经把我说服了。

泰特斯 谢谢陛下和娘娘的恩典。这些仁慈的言语、温和的颜色，把新的生命注入我的身体之内了。

塔摩拉　泰特斯，我已经和罗马结为一体，现在我也是一个罗马人了，我必须为了皇上的好处，给他忠诚的劝告。从今天起，安德洛尼克斯，一切争执都消灭了。我的好陛下，我已经使你和你的朋友们言归于好，这就算是我的莫大的荣幸吧。至于你，巴西安纳斯皇子，我已经向皇上保证，今后你一定做一个驯良安分的人。不用担心，各位贤卿，还有你，拉维妮娅，大家听我的话，跪下来向皇上陛下求恕吧。

路歇斯　是，我们向上天和陛下起誓，我们刚才所干的事，都是为了我们的姊妹和我们自己的荣誉而不得不采取的行动，我们已经尽力约束了自己，没有过分越出了轨道。

玛克斯　我可以凭着我的名誉起誓。

萨特尼纳斯　去，不要说话了；少向我们烦渎吧。

塔摩拉　不，不，好皇帝，我们大家都要变成好朋友。这位护民官和他的侄儿们都在向您跪求恩恕；您必须听我的话；好人儿，转过脸来吧。

萨特尼纳斯　玛克斯，既然我的可爱的塔摩拉向我这样请求，为了你的缘故，也为了你的兄长的缘故，我赦免了这些少年人的重罪；站起来。拉维妮娅，虽然你把我当作一个村夫似的丢弃了，我已经找到一个爱我的人，我可以确实发誓当我离开祭司的时候，我不会仍然是一个单身的汉子。来，要是皇帝的宫廷里可以欢宴两个新娘，你，拉维妮娅，和你的亲友们都是我的宾客。今天将要成为一个释嫌修好的日子，塔摩拉。

泰特斯　明天陛下要是高兴的话，我愿意追随您出猎，打些豹子公鹿玩玩；我们将要用号角和猎犬的吠声向您道早安。

萨特尼纳斯　很好，泰特斯，谢谢你。（喇叭声；同下。）

第二幕

第一场　罗马。皇宫前

艾伦上。

艾伦　现在塔摩拉已经登上了俄林波斯的峰巅，命运的箭镞再也不会伤害她；她高踞宝座，不受震雷闪电的袭击，脸色惨白的嫉妒不能用威胁加到她的身上。正像金色的太阳向清晨敬礼，用它的光芒镀染海洋，驾着耀目的云车从黄道上疾驰飞过，高耸云霄的山峰都在它的俯瞰之下；塔摩拉也正是这样，人世的尊荣听候着她的智慧的使唤，正义在她的颦蹙之下屈躬颤栗。那么，艾伦，鼓起你的勇气，现在正是你攀龙附凤的机会。你的主后已经长久成为你的俘虏，用色欲的锁链镣铐她自己，被艾伦的魅人的目光紧紧捆束，比缚在高加索山上的普罗密修斯更难脱身；你只要抱着向上的决心，就可以升到和她同样高的位置。脱下奴隶的服装，摈弃卑贱的思想！我要大放光辉，满身戴起耀目的金珠来，侍候这位新膺恩命的皇后。我说侍候吗？不，我要和这位女王，这位女神，这位仙娥，这位妖妇调情；她将要迷惑罗马的萨特尼纳斯，害得他国破身亡。嗳哟！这是一场什么风暴？

狄米特律斯及契伦争吵上。

狄米特律斯 契伦，你年纪太轻，智慧不足，礼貌全无，不要来妨碍我的好事。

契伦 狄米特律斯，你总是这样蛮不讲理，想用恐吓的手段压倒我。难道我比你小了一两岁，人家就会把我瞧不上眼，你就会比我更幸运吗？我也和你一样会向我的爱人献殷勤，为什么我就不配得到她的欢心？瞧吧，我的剑将要向你证明我对于拉维妮娅的热情。

艾伦 打！打！这些情人们一定要大闹一场哩。

狄米特律斯 嘿，孩子，虽然我们的母亲一时糊涂，给你佩带了一柄跳舞用的小剑，你却会不顾死活，用它来威吓你的兄长吗？算了吧，把你的玩意儿藏在鞘里，等你懂得怎样使剑的时候再拔出来吧。

契伦 你不要瞧我没有本领，我要让你看看我的勇气。

狄米特律斯 哦，孩子，你居然变得这样勇敢了吗？（二人拔剑。）

艾伦 嗳哟，怎么，两位王子！你们怎么敢在皇宫附近挥刀弄剑，公然争吵起来？你们反目的原因我完全知道；即使有人给我百万黄金，我也不愿让那些对于这件事情最有关系的人知道你们为什么发生争执；你们的母后也决不愿在罗马的宫廷里被人耻笑。真好意思，还不把剑收起来！

狄米特律斯 不，我非得把我的剑插进他的胸膛，把他在这儿侮辱我的不逊之言灌进他自己的咽喉里去，决不罢手。

契伦 我已经完全准备好了，你这满口狂言的懦夫，你只会用一条舌头吓人，却不敢使用你的武器。

艾伦 快走，别闹了！凭着好战的哥特人所崇拜的神明起誓，这一场无聊的争吵要把我们一起都毁了。唉，哥儿们，你们没有想到侵害一位亲王的权利，是一件多么危险的事吗？嘿！难道拉维妮娅是一个放荡的淫妇，巴西安纳斯是一个下贱的庸夫，会容忍你们这样争风吃醋而恬不为意，不向你们报复问罪吗？少爷们，留心点吧！皇后要是知道了你们争吵的原因，看她不把你们骂得狗血喷头。

契伦 我不管，让她和全世界都知道，我是什么也不顾的；我爱拉维妮娅胜于整个的世界。

狄米特律斯 小子，你还是去选一个次一点儿的吧；拉维妮娅是你兄长看中的人。

艾伦 嗳哟，你们都疯了吗？难道你们不知道在罗马，人们是不能容忍情敌存在的吗？我告诉你们，两位王子，你们这样简直是自己找死。

契伦 艾伦，为了得到我所心爱的人，叫我死一千次都愿意。

艾伦 得到你所心爱的人！怎么得到？

狄米特律斯 这有什么奇怪！她是个女人，所以可以向她调情；她是个女人，所以可以把她勾搭上手；她是拉维妮娅，所以非爱不可。嘿，朋友！磨夫数不清磨机旁边滚过的流水；从一个切开了的面包里偷去一片是毫不费事的。虽然巴西安纳斯是皇帝的兄弟，比他地位更高的人也曾戴过绿头巾。

艾伦 （旁白）嗯，这句话正好说在萨特尼纳斯身上。

狄米特律斯 那么一个人只要懂得怎样用美妙的言语、风流的仪表、大量的馈赠，就能猎取女人的心，他为什么还要失望呢？嘿！你不是常常射中了一头母鹿，当着看守人的面前把她捉了去吗？

艾伦 啊，这样看来，你们还是应该乘人不备，把她抢夺过来的好。

契伦 嗯，要是这样可以使我们达到目的的话。

狄米特律斯 艾伦，你说得不错。

艾伦 那么你们为什么要吵个不休呢？听着，听着！你们难道都是傻子，为了这些事情而互相闹起来吗？照我的意思，与其两败俱伤，还是大家沾些实惠的好。

契伦 说老实话，那在我倒也无所谓。

狄米特律斯 我也不反对，只要我自己也有一份儿。

艾伦 真好意思，赶快和和气气的，同心合作，把你们所争夺的人儿拿到手再说吧；为了达到你们的目的，这是唯一的策略；你们必须抱定主意；既然事情不能完全适如你们的愿望，就该在可能的范围以内实现你们的企图。让我贡献你们这一个意见：这一位拉维妮娅，巴西安纳斯的爱妻，是比鲁克丽丝更为贞洁的；与其在无望的相思中熬受着长期的痛苦，不如采取一种干脆爽快的行动。我已经想到一个办法了。两位王子，明天有一场盛大的狩猎，可爱的罗马女郎们都要一显身手；森林中的道路是广阔而宽大的，有许多人迹不到的所在，适宜于暴力和奸谋的活动。你们选定了这么一处地方，就把这头娇美的小鹿诱到那里去，要是不能用言语打动她的心，不妨用暴力满足你们的愿望；只有这一个办法可以有充分的把握。来，来，我们的皇后正在用她天赋的智慧，一心一意地计划着复仇的阴谋，让我们把我们想到的一切告诉她，她是决不容许你们同室操戈的，一定会供给我们一些很好的意见，使你们两人都能如愿以偿。皇帝的宫廷像流言蜚语之神的殿堂一样，充满着无数的唇舌耳目，树林却是冷酷无情，不闻不见的；勇敢的孩子们，你们在那里说话，动武，试探你们各人的机会吧，在蔽天的浓荫之下，发泄你们的情欲，从拉维妮娅的肉体上享受销魂的喜悦。

契伦 小子，你的主见很好，不失为一个痛快的办法。

狄米特律斯 不管良心上是不是过得去，我一定要找到这一个清凉我的欲焰的甘泉，这一道镇定我的情热的灵符。哪怕要深入地府，渡过冥河，我也情愿。（同下。）

第二场　森林

内号角及猎犬吠声。泰特斯·安德洛尼克斯率从猎者及玛克斯、路歇斯、昆塔斯、马歇斯等同上。

泰特斯 猎人已经准备出发，清晨的天空泛出鱼肚色的曙光，田野间播散着芳香，树林是绿沉沉的一片。在这儿放开猎犬，让它们吠叫起来，催醒皇上和他的可爱的新娘，用号角的和鸣把亲王唤起，让整个宫廷都震响着回声。孩子们，你们要小心侍候皇上；昨天晚上我睡梦不安，可是黎明又鼓起我新的欢悦。（猎犬群吠，号角齐鸣。）

萨特尼纳斯、塔摩拉、巴西安纳斯、拉维妮娅、狄米特律斯、契伦及侍从等上。

泰特斯 陛下早安！娘娘早安！我答应陛下用猎人的合奏乐把你们唤醒的。

萨特尼纳斯 你奏得很卖力，将军；可是对于新婚的少妇们，未免早得太煞风景了。

巴西安纳斯 拉维妮娅，你怎么说？

拉维妮娅 我说不；我已经完全清醒两个多时辰了。

萨特尼纳斯 那么来，备起马匹和车子来，我们立刻出发打猎去。（向塔摩拉）御妻，现在你可以看看我们罗马人的打猎了。

玛克斯 陛下，我有几头猛犬，善于搜逐最勇壮的豹子，攀登最峻峭的山崖。

泰特斯 我有几匹好马，能够绝尘飞步，像燕子一样掠过原野，追踪逃走的野兽。

狄米特律斯 （旁白）契伦，我们不用犬马打猎，我们的目的只是要捉住一头娇美的小鹿。（同下。）

第三场　森林中之僻静部分

艾伦持黄金一袋上。

艾伦 聪明的人看见我把这许多金子埋在一株树下，自己将来永远没有享用它的机会，一定以为我是个没有头脑的傻瓜。让这样瞧不起我的人知道，这一堆金子是要铸出一个计策来的，要是这计策运用得巧妙，可以造成一件非常出色的恶事。躺着，好金子，让那得到这一笔从皇后的宝箱中取得施舍的人不得安宁吧。（埋金。）

塔摩拉上。

塔摩拉 我的可爱的艾伦，万物都在夸耀着它们的欢乐，你为什么郁郁不快呢？小鸟在每一株树上吟唱歌曲；花蛇卷起了身体安眠在温和的阳光之下；青青的树叶因凉风吹过而颤动，在地上织成了纵横交错的影子。在这样清静的树荫底下，艾伦，让我们坐下来；当饶舌的回声仿效着猎犬的长嗥，向和鸣的号角发出尖锐的答响，仿佛有两场狩猎正在同时进行的时候，让我们坐着倾听他们嘶叫的声音。正像狄多和她的流浪的王子受到暴风雨的袭击，躲避在一座秘密的山洞里一样，我们也可以彼此拥抱在各人的怀里，在我们的游戏完毕以后，一同进入甜蜜的梦乡；猎犬、号角和婉转清吟的小鸟，合成了一阕催眠的歌曲，抚着我们安然睡去。

艾伦 娘娘，虽然金星主宰着你的欲望，我的心却为土星所占领[①]。我的凝止的眼睛、我的静默、我的阴沉的忧郁、我的根根竖起的蓬松的头发，就像展开了身体预备咬人的毒蛇一样，这些都表示着什么呢？不，娘娘，这些不是情欲的征兆；

①金星照命主多情，土星照命主多愁，这是西方古代星相学的迷信说法。

杀人的恶念藏在我的心头，死亡握在我的手里，流血和复仇在我的脑中震荡。听着，塔摩拉，我的灵魂的皇后，你的怀抱便是我的灵魂的归宿，它不希望更有其他的天堂；今天是巴西安纳斯的末日，他的菲罗墨拉[①]必须失去她的舌头，你的儿子们将要破坏她的贞操，在巴西安纳斯的血泊中洗手。你看见这封信吗？这里面藏着恶毒的阴谋，请你把它收起来交给那皇帝。不要多问，有人看见我们了；这儿来了一双我们安排捕捉的猎物，他们还没有想到他们生命的毁灭就在眼前。

塔摩拉 啊！我的亲爱的摩尔人，你是我的比生命更可爱的人儿。

艾伦 不要说下去啦，大皇后；巴西安纳斯来了。你先找一些借口，跟他拌起嘴来；我就去找你的儿子来帮你吵架。（下。）

巴西安纳斯及拉维妮娅上。

巴西安纳斯 什么人在这儿？罗马的尊严的皇后，没有一个侍从卫护她吗？或者是狄安娜女神摹仿着她的装束，离开天上的树林，到这里的林中来参观我们的狩猎吗？

塔摩拉 好大胆的狂徒，竟敢窥探我的私人的行动！要是我有像人家所说狄安娜所有的那种力量，我就要立刻叫你的头上长起角来，变成一只鹿，让猎犬把你追逐，你这无礼的莽撞鬼！

拉维妮娅 恕我说句话，好娘娘，人家都在疑心您跟您那摩尔人

---

①菲罗墨拉（Philomela），是雅典公主，其姊夫忒柔斯涎其美色，奸之而割其舌，菲罗墨拉以其遭遇织为文字，制衣赠其姊普洛克涅，普洛克涅杀之而与菲罗墨拉偕遁；天神闻其吁告，使菲罗墨拉化为夜莺，普洛克涅化为燕子。故事见奥维德《变形记》第六章。

正在作什么实验，要替什么人安上角去呢。乔武保佑尊夫，让他今天不要被他的猎犬追逐！要是它们把他当作了一头公鹿，那可糟啦。

巴西安纳斯 相信我，娘娘，您那黑奴已经使您的名誉变了颜色，像他身体一样污秽可憎了。为什么您要摈斥您的侍从，降下您的雪白的骏马，让一个野蛮的摩尔人陪伴着您跑到这一个幽僻的所在，倘不是因为受着您的卑劣的欲念的引导？

拉维妮娅 因为你们的好事被我们打散了，无怪您要嗔骂我的丈夫无礼啦。来，我们走吧，让她去和她的乌鸦一般的爱人尽情作乐；这幽谷是一个再适当不过的地方。

巴西安纳斯 我的皇兄必须知道这件事情。

拉维妮娅 啊，这些败行他早该知道的了。好皇帝，竟遭到这样重大的耻辱！

塔摩拉 为什么我要忍受你们这样的侮蔑呢？

狄米特律斯及契伦上。

狄米特律斯 怎么，亲爱的母后！您的脸上为什么这样惨淡失色？

塔摩拉 你们想想我应不应该脸色惨淡？这两个人把我骗到了这个所在，一个荒凉可憎的幽谷！你们看，虽然是夏天，这些树木却是萧条而枯瘦的，青苔和寄生树侵蚀了它们的生机；这儿从来没有太阳照耀；这儿没有生物繁殖，除了夜枭和不祥的乌鸦。当他们把这个可怕的幽谷指点给我看的时候，他们告诉我，这儿在沉寂的深宵，有一千个妖魔、一千条咝咝作声的蛇、一万只臃肿的蛤蟆，一万只刺蝟，同时发出惊人的、杂乱的叫声，无论什么人听见了，不是立刻发疯就要当场吓死。他们告诉了我这样可怕的故事以后，就对我说，他们要把我缚在一株阴森的杉树上，让我在这种恐怖之中死去；于是他们称我为万恶的淫妇，放荡的哥特女人，和一切诸如此类凡是人们耳中所曾经听见过的最恶毒的名字；倘不是神奇的命运使你们到这里来，他们早就向我下这样的毒手了。你们要是爱你们母亲的生命，快替我复仇吧，否则从此以后，你们再也不能算是我的孩子了。

狄米特律斯 这可以证明我是你的儿子。（刺巴西安纳斯。）

契伦 这一剑直中要害，可以证明我的本领。（刺巴西安纳斯，巴西安纳斯死。）

拉维妮娅 啊，来，妖妇！不，野蛮的塔摩拉，因为只有你自己的名字最能够表现你恶毒的天性。

塔摩拉 把你的短剑给我；你们将要知道，我的孩子们，你们的母亲将要亲手报复仇恨。

狄米特律斯 且慢，母亲，我们还不能就让她这样死了；先把谷粒打出，然后再把稻草烧去。这丫头自负贞洁，胆敢冲撞母后，难道我们就让她带着她的贞洁到她的坟墓里去吗？

契伦 要是让她这样清清白白地死去，我宁愿自己是一个太监。把她的丈夫拖到一个僻静的洞里，让他的尸体作为我们纵欲的枕垫吧。

塔摩拉 可是当你们采到了你们所需要的蜜汁以后，不要放这黄蜂活命；她的刺会伤害我们的。

契伦 您放心吧，母亲，我们决不留着她来危害我们。来，娘子，现在我们要用强力欣赏欣赏您那用心保存着的贞洁了。

拉维妮娅 啊，塔摩拉！你生着一张女人的面孔——

塔摩拉 我不要听她说话；把她带下去！

拉维妮娅 两位好王子，求求她听我说一句话。

狄米特律斯 听着，美人儿。母亲，她的流泪便是您的光荣；但愿她的泪点滴在您的心上，就像雨点打在无情的顽石上一样。

拉维妮娅 乳虎也会教训起它的母亲来了吗？啊！不要学她的残暴；是她把你教成这个样子；你从她胸前吮吸的乳汁都变成了石块；当你哺乳的时候，你的凶恶的天性已经锻成了。可是每一个母亲不一定生同样的儿子；（向契伦）你求求她显出一点女人的慈悲来吧！

契伦 什么！你要我证明我自己是一个异种吗？

拉维妮娅 不错！乌鸦是孵不出云雀来的。可是我听见人家说，狮子受到慈悲心的感动，会容忍它的尊严的脚爪被人剪去；唉！要是果然有这样的事，那就好了。有人说，乌鸦常常抚育被遗弃的孤雏，却让自己的小鸟在巢中挨饿；啊！虽然你的冷酷的心不许你对我这样仁慈，可是请你稍微发一点怜悯吧！

塔摩拉 我不知道怜悯是什么意思；把她带下去！

拉维妮娅 啊，让我劝导你！看在我父亲的面上，他曾经在可以把你杀死的时候宽宥了你的生命，不要固执，张开你的聋了的耳朵吧！

塔摩拉 即使你自己从不曾得罪过我，为了他的缘故，我也不能对你容情。记着，孩子们，我徒然抛掷了滔滔的热泪，想要把你们的哥哥从罗马人的血祭中间拯救出来，却不能使凶恶的安德洛尼克斯改变他的初衷。所以，把她带下去，尽你们的意思蹂躏她；你们越是把她作践得痛快，我越是喜爱你们。

拉维妮娅 塔摩拉啊！愿你被称为一位仁慈的皇后，用你自己的手就在这地方杀了我吧！因为我向你苦苦哀求的并不是生命，当巴西安纳斯死了以后，可怜的我活着也就和死去一般了。

塔摩拉 那么你求些什么呢？傻女人，放了我。

拉维妮娅 我要求立刻就死；我还要求一件女人的羞耻使我不能出口的事。啊！不要让我在他们手里遭受比死还难堪的沾辱；请把我丢在一个污秽的地窟里，永不要让人们的眼睛看见我的身体；做一个慈悲的杀人犯，答应我这一个要求吧！

塔摩拉 那么我就要剥夺我的好儿子们的权利了。不，让他们在你的身上满足他们的欲望吧。

狄米特律斯 快走！你已经使我们在这儿等得太久了。

拉维妮娅 没有慈悲！没有妇道！啊，禽兽不如的东西，全体女性的污点和仇敌！愿地狱——

契伦 哼，那么我可要塞住你的嘴了。哥哥，你把她丈夫的尸体搬过来；这就是艾伦叫我们把他掩埋的地窟。（狄米特律斯将巴西安纳斯尸体掷入穴内；狄米特律斯、契伦二人拖拉维妮娅同下。）

塔摩拉 再会，我的孩子们；留心不要放她逃走。让我的心头永远不知道有愉快存在，除非安德洛尼克斯全家死得不留一人。现在我要去找我的可爱的摩尔人，让我的暴怒的儿子们去攀折这一枝败柳残花。（下。）

艾伦率昆塔斯及马歇斯同上。

艾伦 来，两位公子，看谁走得快，我立刻就可以带领你们到我看见有一头豹子在那儿熟睡的洞口。

昆塔斯 我的眼光十分模糊，不知道是什么预兆。

马歇斯 我也这样。说来惭愧，我真想停止打猎，找个地方睡一会儿。（失足跌入穴内。）

昆塔斯 什么！你跌下去了吗？这是一个什么幽深莫测的地穴，洞口遮满了蔓生的荆棘，那叶子上还染着一滴滴的鲜血，像花瓣上的朝露一样新鲜？看上去这似乎是一处很危险的所在。说呀，兄弟，你跌伤了没有？

马歇斯 啊，哥哥！我碰在一件东西上碰伤了，这东西瞧上去真叫人触目惊心。

艾伦 （旁白）现在我要去把那皇帝带来，让他看见他们在这里，他一定会猜想是他们两人杀死了他的兄弟。（下。）

马歇斯 你为什么不搭救搭救我，帮助我从这邪恶的血污的地穴里出来？

昆塔斯 一阵无端的恐惧侵袭着我，冷汗湿透了我的颤栗的全身；我的眼前虽然一无所见，我的心里却充满了惊疑。

马歇斯 为了证明你有一颗善于预测的心，请你和艾伦两人向这地穴里望一望，就可以看见一幅血与死的可怖的景象。

昆塔斯 艾伦已经走了；我的恻隐之心使我不忍观望那在推测之中已经使我颤栗的情状。啊！告诉我是怎么一回事；我从来不曾像现在一样孩子气，害怕着我所不知道的事情。

马歇斯 巴西安纳斯殿下僵卧在这可憎的黑暗的饮血的地穴里，知觉全无，像一头被宰的羔羊。

昆塔斯 地穴既然是黑暗的，你怎么知道是他？

马歇斯 在他的流血的手指上带着一枚宝石的指环，它的光彩照亮了地窟的全部；正像一支墓穴里的蜡烛一般，它照出了已死者的泥土色的脸，也照见了地窟里凌乱的一切；当皮拉摩斯躺在处女的血泊中的晚上，那月亮的颜色也是这么惨淡的。啊，哥哥！恐惧已经使我失去力气，要是你也是这样，赶快用你无力的手把我拉出了这个吃人的洞府，它像一张喷着妖雾的魔口一样可怕。

昆塔斯 把你的手伸上来给我抓住了，好让我拉你出来，否则因为我自己也提不起劲儿，怕会翻下了这个幽深的黑洞，可怜的巴西安纳斯的坟墓里去。我没有力气把你拉上洞口。

马歇斯 没有你的帮助，我也没有力气爬上来。

昆塔斯 再把你的手给我；这回我倘不把你拉出洞外，拼着自己也跌下去，再不松手了。（跌入穴内。）

艾伦率萨特尼纳斯重上。

萨特尼纳斯 跟我来；我要看看这儿是个什么洞，跳下去的是个什么人。喂，你是什么人，跳到这个地窟里去？

马歇斯 我是老安德洛尼克斯的倒楣的儿子，在一个不幸的时辰被人带到这里来时，发现你的兄弟巴西安纳斯已经死了。

萨特尼纳斯 我的兄弟死了！我知道你在开玩笑。他跟他的夫人都在这猎场北首的茅屋里，我在那里离开他们还不到一小时呢。

马歇斯 我们不知道您在什么地方看见他们好好地活着；可是

唉！我们却在这里看见他死了。

塔摩拉率侍从及泰特斯·安德洛尼克斯、路歇斯同上。

塔摩拉 我的皇上在什么地方？

萨特尼纳斯 这儿，塔摩拉；重大的悲哀使我痛不欲生。

塔摩拉 你的兄弟巴西安纳斯呢？

萨特尼纳斯 你触到了我的心底的创痛；可怜的巴西安纳斯躺在这儿被人谋杀了。

塔摩拉 那么我把这一封致命的书信送来得太迟了，（以一信交萨特尼纳斯）这里面藏着造成这一幕出人意外的悲剧的阴谋；真奇怪，一个人可以用满脸的微笑，遮掩着这种杀人的恶意。

萨特尼纳斯 "万一事情决裂，好猎人，请你替他掘下坟墓；我们说的是巴西安纳斯，你懂得我们的意思。在那覆罩着巴西安纳斯葬身的地穴的一株大树底下，你只要拨开那些荨麻，便可以找到你的酬劳。照我们的话办了，你就是我们永久的朋友。"啊，塔摩拉！你听见过这样的话吗？这就是那个地穴，这就是那株大树。来，你们大家快去给我搜寻那杀死巴西安纳斯的猎人。

艾伦 启禀陛下，这儿有一袋金子。

萨特尼纳斯 （向泰特斯）都是你生下这一对狼心狗肺的孽畜，把我的兄弟害了。来，把他们从这地穴里拖出来，关在监牢里，等我们想出一些闻所未闻的酷刑来处置他们。

塔摩拉 什么！他们就在这地穴里吗？啊，怪事！杀了人这么容易就发觉了！

泰特斯 陛下，让我这软弱的双膝向您下跪，用我不轻易抛掷的眼泪请求这一个恩典：要是我这两个罪该万死的逆子果然犯下了这样重大的罪过，要是有确实的证据证明他们的罪状——

萨特尼纳斯 要是有确实的证据！事实还不够明白吗？这封信是谁找到的？塔摩拉，是你吗？

塔摩拉 安德洛尼克斯自己从地上拾起来的。

泰特斯 是我拾起来的，陛下。可是让我做他们的保人吧；凭着我的祖先的坟墓起誓，他们一定随时听候着陛下的传唤，准备用他们的生命洗刷他们的嫌疑。

萨特尼纳斯 你不能保释他们。跟我来；把被害者的尸体抬走，那两个凶手也带了去。不要让他们说一句话；他们的罪状已经很明显了。凭着我的灵魂起誓，要是人间有比死更痛苦的结局，我一定要叫他们尝尝那样的滋味。

塔摩拉 安德洛尼克斯，我会向皇上说情的；不要为你的儿子们担忧，他们一定可以平安无事。

泰特斯 来，路歇斯，来；快走，别跟他们说话了。（各下。）

第四场　森林的另一部分

狄米特律斯、契伦及拉维妮娅上；拉维妮娅已遭奸污，两手及舌均被割去。

狄米特律斯 现在你的舌头要是还会讲话，你去告诉人家谁奸污你的身体，割去你的舌头吧。

契伦 要是你的断臂还会握笔，把你心里的话写了出来吧。

狄米特律斯 瞧，她还会做手势呢。

契伦 回家去，叫他们替你拿些香水洗手。

狄米特律斯 她没有舌头可以叫，也没有手可以洗，所以我们还是让她静悄悄地走她的路吧。

契伦 要是我处于她的地位，我一定去上吊了。

狄米特律斯 那还要看你有没有手可以帮助你在绳上打结。（狄米特律斯、契伦同下。）

玛克斯上。

玛克斯 这是谁，跑得这么快？是我的侄女吗？侄女，跟你说一句话；你的丈夫呢？要是我在做梦，但愿我所有的财富能够把我惊醒！要是我现在醒着，但愿一颗行星毁灭我，让我从此长眠不醒！说，温柔的侄女，哪一只凶狠无情的毒手砍去了你身体上的那双秀枝，那一对可爱的装饰品，它们的柔荫的环抱，是君王们所追求的温柔仙境？为什么不对我说话？嗳哟！一道殷红的血流，像被风激起泡沫的泉水一样，在你的两片蔷薇色的嘴唇之间浮沉起伏，随着你的甘美的呼吸而涨落。一定是哪一个忒柔斯蹂躏了你，因为怕你宣布他的罪恶，才把你的舌头割下。啊！现在你因为羞愧而把你的脸转过去了；虽然你的血从三处同时奔涌，你的面庞仍然像迎着浮云的太阳的酡颜一样绯红。要不要我替你说话？要不要我说，事情果然是这样的？唉！但愿我知道你的心思；但愿我知道那害你的禽兽，那么我也好痛骂他一顿，出出我心头的气愤。郁结不发的悲哀正像闷塞了的火炉一样，会把一颗心烧成灰烬。美丽的菲罗墨拉不过失去了她的舌头，她却会不怕厌烦，一针一线地织出她的悲惨的遭遇；可是，可爱的侄女，你已经拈不起针线来了，你所遇见的是一个更奸恶的忒柔斯，他已经把你那比菲罗墨拉更善于针织的娇美的手指截去了。啊！要是那恶魔曾经看见这双百合花一样的纤手像颤栗的白杨叶般弹弄着琵琶，使那一根根丝弦乐于和它们亲吻，他一定不忍伤害它们；要是他曾经听见从那美妙的舌端吐露出来的天乐，他一定会丢下他的刀子，昏昏沉沉地睡去。来，让我们去，使你的父亲成为盲目吧，因为这样的惨状是会使一个父亲的眼睛昏眩的；一小时的暴风雨就会淹没了芬芳的牧场，你父亲的眼睛怎么经得起经年累月的泪涛泛滥呢？不要退后，因为我们将要陪着你悲伤；唉！要是我们的悲伤能够减轻你的痛苦就好了！（同下。）

第三幕

第一场　罗马。街道

元老，护民官及法警等押马歇斯及昆塔斯绑缚上，向刑场前进；泰特斯前行哀求。

泰特斯　听我说，尊严的父老们！尊贵的护民官们，等一等！可怜我这一把年纪吧！当你们高枕安卧的时候，我曾经在危险的沙场上抛掷我的青春；为了我在罗马伟大的战役中所流的血，为了我枕戈待旦的一切霜露的深宵，为了现在你们所看见的、这些填满在我脸上衰老的皱纹里的苦泪，求求你们向我这两个定了罪的儿子大发慈悲吧，他们的灵魂并不像你们所想像的那样堕落。我已经失去了二十二个儿子，我不曾为他们流一点泪，因为他们是死在光荣的、高贵的眠床上。为了这两个、这两个，各位护民官，（投身地上）我在泥土上写下我的深心的苦痛和我的灵魂的悲哀之泪。让我的眼泪浇息了大地的干渴，我的孩子们的亲爱的血液将会使它羞愧而脸红。（元老、护民官等及二囚犯同下）大地啊！从我这两口古罂之中，我要倾泻出比四月的春天更多的雨水灌溉你；在苦旱的夏天，我要继续向你淋洒；在冬天我要用热泪融化冰雪，让永久的春光留驻在你的脸上，只要你拒绝喝下我的亲爱的孩子们的血液。

路歇斯拔剑上。

泰特斯 可尊敬的护民官啊！善良的父老们啊！松了我的孩子们的绑缚，撤销死罪的判决吧！让我这从未流泪的人说，我的眼泪现在变成打动人心的辩士了。

路歇斯 父亲啊，您这样哀哭是无济于事的；护民官们听不见您的话，一个人也不在近旁；您在向一块石头诉述您的悲哀。

泰特斯 啊！路歇斯，让我为你的兄弟们哀求。尊严的护民官们，我再向你们作一次求告——

路歇斯 父亲，没有一个护民官在听您说话哩。

泰特斯 嗨，那又有什么关系呢？即使他们听见，他们也不会注意我的话；即使他们注意我的话，他们也不会怜悯我；可是我必须向他们哀求，虽然我的哀求是毫无结果的。所以我向石块们诉述我的悲哀，它们不能解除我的痛苦，可是比起那些护民官来还是略胜一筹，因为它们不会打断我的话头；当我哭泣的时候，它们谦卑地在我的脚边承受我的眼泪，仿佛在陪着我哭泣一般；要是它们也披上了庄严的法服，罗马没有一个护民官可以比得上它们：石块是像蜡一样柔软的，护民官的心肠却比石块更坚硬；石块是沉默而不会侵害他人的，护民官却会掉弄他们的舌头，把无辜的人们宣判死刑。（起立）可是你为什么把你的剑拔出来拿在手里？

路歇斯 我想去把我的两个兄弟劫救出来；那些法官们因为我有这样的企图，已经宣布把我永远放逐了。

泰特斯 幸运的人啊！他们在照顾你哩。嘿，愚笨的路歇斯，你没看见罗马只是一大片猛虎出没的荒野吗？猛虎是一定要饱腹的；罗马除了我和我们一家的人以外，再没有别的猎物可以充塞它们的馋吻了。你现在被放逐他乡，远离这些吃人的野兽，该是多大的幸运啊！可是谁跟着我的兄弟玛克斯来啦？

玛克斯及拉维妮娅上。

玛克斯 泰特斯，让你的老眼准备流泪，要不然的话，让你高贵的心准备碎裂吧；我带了毁灭你的暮年的悲哀来了。

泰特斯 它会毁灭我吗？那么让我看看。

玛克斯 这是你的过去的女儿。

泰特斯 嗳哟，玛克斯，她现在还是我的女儿呀。

路歇斯 好惨！我可受不了啦。

泰特斯 没有勇气的孩子，起来，瞧着她。说，拉维妮娅，哪一只可咒诅的毒手使你在你父亲的眼前变成一个没有手的人？哪一个傻子挑了水倒在海里，或是向火光烛天的特洛亚城中丢进一束柴去？在你没有来以前，我的悲哀已经达到了顶点，现在它像尼罗河一般，泛滥出一切的界限了。给我一柄剑，我要把我的手也砍下来；因为它们曾经为罗马出过死力，结果却是一无所得；在无益的祈求中，我曾经把它们高高举起，可是它们对我一点没有用处；现在我所要叫它们做的唯一的事，是让这一只手把那一只手砍了。拉维妮娅，你没有手也好，因为曾经为国家出力的手，在罗马是不被重视的。

路歇斯 说，温柔的妹妹，谁害得你这个样子？

玛克斯 啊！那善于用巧妙敏捷的辩才宣达她的思想的可爱的器官，那曾经用柔曼的歌声迷醉世人耳朵的娇鸣的小鸟，已经从那美好的笼子里被抓去了。

路歇斯 啊！你替她说，谁干了这样的事？

玛克斯 啊！我看见她在林子里仓皇奔走，正像现在这样子，想要把自己躲藏起来，就像一头鹿受到了不治的重伤一样。

泰特斯 那是我的爱宠；谁伤害了她，所给我的痛苦甚于杀死我自己。现在我像一个站在一块岩石上的人一样，周围是一片汪洋大海，那海潮愈涨愈高，每一秒钟都会有一阵无情的浪涛把他卷下白茫茫的波心。我的不幸的儿子们已经从这一条路上向死亡走去了；这儿站着我的另一个儿子，一个被放逐的流亡者；这儿站着我的兄弟，为了我的厄运而悲泣；可是那使我的心灵受到最大的打击的，却是亲爱的拉维妮娅，比我的灵魂更亲爱的。我要是看见人家在图画里把你画成这个样子，也会气得发疯；现在我看见你这一副活生生的惨状，我应该怎样才好呢？你没有手可以揩去你的眼泪，也没有舌头可以告诉我谁害了你。你的丈夫，他已经死了，为了他的死，你的兄弟们也被判死罪，这时候也早已没有命了。瞧！玛克斯；啊！路歇斯我儿，瞧着她：当我提起她的兄弟们的时候，新的眼泪又滚下她的颊上，正像甘露滴在一朵被人攀折的憔悴的百合花上一样。

玛克斯 也许她流泪是因为他们杀死了她的丈夫；也许因为她知道他们是无罪的。

泰特斯 要是他们果然杀死了你的丈夫，那么高兴起来吧，因为法律已经给他们惩罚了。不，不，他们不会干这样卑劣的事；瞧他们的姊姊在流露着多大的伤心。温柔的拉维妮娅，让我吻你的嘴唇，或者指示我怎样可以给你一些安慰。要不要让你的好叔父、你的哥哥路歇斯，还有你、我，大家在一个水池旁边团团坐下，瞧瞧我们映在水中的脸，瞧它们怎样为泪痕所污，正像洪水新退以后，牧场上还残留着许多潮湿的粘土一样？我们要不要向着池水伤心落泪，让那澄澈的流泉失去它的清冽的味道，变成了一泓咸水？或者我们要不要也像你一样砍下我们的手？或是咬下我们的舌头，在无言的沉默中消度我们可憎的残生？我们应该怎样做？让我们这些有舌的人商议出一些更多的苦难来加在我们自己身上，留供后世人们的嗟叹吧。

路歇斯 好爸爸，别哭了吧；瞧我那可怜的妹妹又被您惹得呜咽痛哭起来了。

玛克斯 宽心点儿，亲爱的侄女。好泰特斯，揩干你的眼睛。

泰特斯 啊！玛克斯，玛克斯，弟弟；我知道你的手帕再也收不进我的一滴眼泪，因为你，可怜的人，已经用你自己的眼泪把它浸透了。

路歇斯 啊！我的拉维妮娅，让我揩干你的脸吧。

泰特斯 瞧，玛克斯，瞧！我懂得她的意思。要是她会讲话，她现在要对她的哥哥这样说：他的手帕已经满揾着他的伤心的眼泪，拭不干她颊上的悲哀了。唉！纵然我们彼此相怜，谁都爱莫能助，正像地狱边缘的幽魂盼不到天堂的幸福一样。

艾伦上。

艾伦 泰特斯·安德洛尼克斯，我奉皇上之命，向你传达他的旨意：要是你爱你那两个儿子，只要让玛克斯、路歇斯，或是你自己，年老的泰特斯，你们任何一人砍下一只手来，送到皇上面前，他就可以赦免你的儿子们的死罪，把他们送还给你。

泰特斯 啊，仁慈的皇帝！啊，善良的艾伦！乌鸦也会唱出云雀的歌声，报知日出的喜讯吗？很好，我愿意把我的手献给皇上。好艾伦，你肯帮助我把它砍下来吗？

路歇斯 且慢，父亲！您那高贵的手曾经推倒无数的敌人，不能把它砍下，还是让我的手代替了吧。我比您年轻力壮，流一些血还不大要紧，所以应该让我的手去救赎我的兄弟们的生命。

玛克斯 你们两人的手谁不曾保卫罗马，高挥着流血的战斧，在敌人的堡垒上写下了毁灭的命运？啊！你们两人的手都曾建立赫赫的功业，我的手却无所事事，让它去赎免我的侄儿们的死罪吧；那么我总算也叫它干了一件有意义的事了。

艾伦 来，来，快些决定把哪一个人的手送去，否则也许赦令未下，他们早已死了。

玛克斯 把我的手送去。

路歇斯 凭着上天起誓，这不能。

泰特斯 你们别闹啦；像这样的枯枝败梗，才是适宜于樵夫的刀斧的，还是把我的手送去吧。

路歇斯 好爸爸，要是您承认我是您的儿子，让我把我的兄弟们从死亡之中救赎出来吧。

玛克斯 为了我们去世的父母的缘故，让我现在向你表示一个兄弟的友爱。

泰特斯 那么由你们两人去决定吧！我就保留下我的手。

路歇斯 那么我去找一柄斧头来。

玛克斯 可是那斧头是要让我用的。（*路歇斯、玛克斯下。*）

泰特斯 过来，艾伦；我要把他们两人都骗了过去。帮我一下，我就把我的手给你。

艾伦 （*旁白*）要是那也算是欺骗的话，我宁愿一生一世做个老实人，再也不这样欺骗人家；可是我要用另一种手段欺骗你，不上半小时就可以让你见个分晓。（*砍下泰特斯手。*）

路歇斯及玛克斯重上。

泰特斯 现在你们也不用争执了，应该做的事情已经做好。好艾伦，把我的手献给皇上陛下，对他说那是一只曾经替他抵御过一千种危险的手，叫他把它埋了；它应该享受更大的荣宠，这样的要求是不该拒绝的。至于我的儿子们，你说我认为他们是用低微的代价买来的珍宝，可是因为我用自己的血肉换到他们的生命，所以他们的价值仍然是贵重的。

艾伦 我去了，安德洛尼克斯；你牺牲了一只手，等着它换来你的两个儿子吧。（*旁白*）我的意思是说他们的头。啊！我一想到这一场恶计，就觉得浑身通泰。让傻瓜们去行善，让美男子们去向神明献媚吧，艾伦宁愿让他的灵魂黑得像他的脸一样。（*下。*）

泰特斯 啊！我向天举起这一只手，把这衰老的残躯向大地俯伏：要是哪一尊神明怜悯我这不幸的人所挥的眼泪，我要向他祈求！（向拉维妮娅）什么！你也要陪着我下跪吗？很好，亲爱的，因为上天将要垂听我们的祷告，否则我们要用叹息嘘成浓雾，把天空遮得一片昏沉，使太阳失去它的光辉，正像有时浮云把它拥抱起来一样。

玛克斯 唉！哥哥，不要疯疯癫癫地讲这些无关实际的话了；真叫人摸不着底。

泰特斯 我的悲痛还有什么底可言哪？倒不如让我哀痛到底吧。

玛克斯 也该让理智控制你的悲痛才是。

泰特斯 要是理智可以向我解释这一切灾祸，我就可以约束我的悲痛。当上天哭泣的时候，地上不是要泛滥着大水吗？当狂风怒号的时候，大海不是要发起疯来，鼓起了它的面颊向天空恫吓吗？你要知道我这样叫闹的理由吗？我就是海；听她的叹息在刮着多大的风；她是哭泣的天空，我就是大地；我这海水不能不被她的叹息所激动，我这大地不能不因为她的不断的流泪而泛滥沉没，因为我的肠胃容纳不下她的辛酸，我必须像一个醉汉似的把它们呕吐出来。所以由着我吧，因为失败的人必须得到许可，让他们用愤怒的言辞发泄他们的怨气。

一使者持二头一手上。

使者 尊贵的安德洛尼克斯，你把一只好端端的手砍下来献给皇上，白白作了一次无益的牺牲。这儿是你那两个好儿子的头颅，这儿是你自己的手，为了讥笑你的缘故，他们叫我把它们送还给你。你的悲哀是他们的玩笑，你的决心被他们所揶揄；我一想到你的种种不幸就觉得伤心，简直比回忆我的父亲的死还要难过。（下。）

玛克斯 现在让埃特那火山在西西里冷却，让我的心变成一座永远焚烧的地狱吧！这些灾祸不是人力所能忍受的。陪着哭泣的人流泪，多少会使他感到几分安慰，可是满心的怨苦被人嘲笑，却是双重的死刑。

路歇斯 唉！这样的惨状能够使人心魂摧裂，可憎恶的生命却还是守住这皮囊不肯脱离；生活已经失去了意义，却还要在这世上吞吐着这一口气，做一个活受罪的死鬼。（拉维妮娅吻泰特斯。）

玛克斯 唉，可怜的人儿！这一个吻正像把一块冰送进饿蛇的嘴里，一点不能安慰他。

泰特斯 这可怕的噩梦几时才可以做完呢？

玛克斯 现在再用不着自己欺骗自己了。死吧，安德洛尼克斯；你不是在做梦。瞧，你的两个儿子的头，你的握惯刀剑的手，这儿还有你的被人残害了的女儿；你那一个被放逐的儿子，看着这种残酷的情景，已经面无人色了；你的兄弟，我，也像一座石像一般无言而僵冷。啊！现在我再不劝你抑制你的悲哀了。撕下你的银色的头发，用你的牙齿咬着你那残余的一只手吧；让这凄凉的景象闭住了我们生不逢辰的眼睛！现在是掀起风暴来的时候，你为什么一声不响呢？

泰特斯 哈哈哈！

玛克斯 你为什么笑？这在现在是不相宜的。

泰特斯 嘿，我的泪已经流完了；而且这悲哀是一个敌人，它会窃据我的潮润的眼睛，用滔滔的泪雨蒙蔽我的视觉，使我找不到复仇的路径。因为这两颗头颅似乎在向我说话，恐吓我要是我不让那些害苦我们的人亲身遍历我们现在所受的一切惨痛，我将要永远享不到天堂的幸福。来，让我想一想我应该怎样进行我的工作。你们这些忧郁的人，都来聚集在我的周围，我要对着你们每一个人用我的灵魂宣誓，我将要为你们复仇。我的誓已经发下了。来，兄弟，你拿着一颗头；我用这一只手托住那一颗头。拉维妮娅，你也要帮我们做些事情，把我的手衔在你的嘴里，好孩子。至于你，孩子，赶快离开我的眼前吧；你是一个被放逐的人，你不能停留在这里。到哥特人那里去，调集起一支军队来。要是你爱我，让我们一吻而别，因为我们还有许多事情要做哩。（泰特斯、玛克斯、拉维妮娅同下。）

路歇斯 别了，安德洛尼克斯，我的高贵的父亲，罗马最不幸的人！别了，骄傲的罗马！路歇斯舍弃了他的比生命更宝贵的亲人，有一天他将要重新回来。别了，拉维妮娅，我的贤淑的妹妹；啊！但愿你仍旧像从前一样！可是现在路歇斯和拉维妮娅都必须被世人所遗忘，在痛苦的忧愁里度日了。要是路歇斯不死，他一定会为你复仇，叫那骄傲的萨特尼纳斯和他的皇后在罗马城前匍匐乞怜。现在我要到哥特人那里去调集军队，向罗马和萨特尼纳斯报复这天大的冤仇。（下。）

第二场　同前。泰特斯家中一室，桌上餐肴罗列

泰特斯、玛克斯、拉维妮娅及小路歇斯上。

泰特斯　好，好，现在坐下；你们不要吃得太多，只要能够维持我们充分的精力，报复我们的大仇深恨就得啦。玛克斯，放开你那被悲哀纠结着的双手；你的侄女跟我两个人，可怜的东西，都是缺手的人，不能用交叉的手臂表示我们十重的悲伤。我只剩下这一只可怜的右手，在我的胸前逞弄它的威风；当我的心因为载不起如许的苦痛而在我的肉体的囚室里疯狂跳跃的时候，我这手就会把它使劲捶打下去。（向拉维妮娅）你这苦恼的化身，你在用表情向我们说话吗？你的意思是说，当你那可怜的心发狂般跳跃的时候，你不能捶打它叫它静止下来。用叹息刺伤它，孩子，用呻吟杀死它吧；或者你可以用你的牙齿咬起一柄小刀来，对准你的心口划一个洞，让你那可怜的眼睛里流下来的眼泪一起从这洞里滚进去，让这痛哭的愚人在苦涩的泪海里淹死。

玛克斯　嗳，哥哥，嗳！不要教她下这样无情的毒手，摧残她娇嫩的生命。

泰特斯　怎么！悲哀已经使你变得糊涂起来了吗？嗨，玛克斯，除了我一个人之外，别人是谁也不应该发疯的。她能够下什么毒手去摧残她自己的生命？啊！为什么你一定要提起这个"手"字？你要叫埃涅阿斯把特洛亚焚烧的故事从头

讲起吗？啊！不要谈到这个题目，不要讲什么手呀手的，使我们永远记得我们是没有手的人。呸！呸！我在说些什么疯话，好像要是玛克斯不提起“手”字，我们就会忘记我们没有手似的。来，大家吃吧；好女儿，吃了这个。这儿酒也没有。听，玛克斯，她在说些什么话；我能够解释她这残废的身体上所作出的种种表示：她说她的唯一的饮料只是那和着悲哀酿就、淋漓在她颊上的眼泪。无言的诉苦者，我要熟习你的思想，像乞食的隐士娴于祷告一般充分了解你的沉默的动作；无论你吐一声叹息，或是把你的断臂向天高举，或是霎一霎眼，点一点头，屈膝下跪，或者作出任何的符号，我都要竭力探究出它的意义，用耐心的学习寻求一个确当的解释。

小路歇斯 好爷爷，不要老是伤心痛哭了；讲一个有趣的故事让我的姑姑快乐快乐吧。

玛克斯 唉！这小小的孩子也受到感动，瞧着他爷爷那种伤心的样子而掉下泪来了。

泰特斯 不要响，小东西；你是用眼泪塑成的，眼泪会把你的生命很快地融化了。（*玛克斯以刀击餐盆*）玛克斯，你在用刀子砍什么？

玛克斯 一只苍蝇，哥哥；我已经把它打死了。

泰特斯 该死的凶手！你刺中我的心了。我的眼睛已经看饱了凶恶的暴行；杀戮无辜的人是不配做泰特斯的兄弟的。出去，我不要跟你在一起。

玛克斯 唉！哥哥，我不过打死了一只苍蝇。

泰特斯 可是假如那苍蝇也有父亲母亲呢？可怜的善良的苍蝇！

它飞到这儿来，用它可爱的嗡嗡的吟诵娱乐我们，你却把它打死了！

玛克斯 恕我，哥哥；那是一只黑色的、丑恶的苍蝇，有点像那皇后身边的摩尔人，所以我才打死它。

泰特斯 哦，哦，哦！那么请你原谅我，我错怪你了，因为你做的是一件好事。把你的刀给我，我要侮辱侮辱它；用虚伪的想像欺骗我自己，就像它是那摩尔人，存心要来毒死我一样。这一刀是给你自己的，这一刀是给塔摩拉的，啊，好小子！可是难道我们已经变得这样卑怯，用两个人的力量去杀死一只苍蝇，只是因为它的形状像一个黑炭似的摩尔人吗？

玛克斯 唉，可怜的人！悲哀已经把他磨折成这个样子，使他把幻影认为真实了。

泰特斯 来，把这些东西撤下去。拉维妮娅，跟我到你的闺房里去；我要陪着你读一些古代悲哀的故事。来，孩子，跟我去；你的眼睛是明亮的，当我的目光昏花的时候，你就接着我读下去。（同下。）

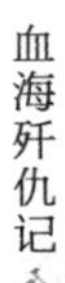

第四幕

第一场　罗马。泰特斯家花园

泰特斯及玛克斯上。小路歇斯后上，拉维妮娅奔随其后。

小路歇斯　救命，爷爷，救命！我的姑姑拉维妮娅到处追着我，不知道为了什么缘故。好玛克斯爷爷，瞧她跑得多么快。唉！好姑姑，我不知道您是什么意思哩。

玛克斯　站在我的身边，路歇斯；不要怕你的姑姑。

泰特斯　她是非常爱你的，孩子，决不会伤害你。

小路歇斯　嗯，当我的爸爸在罗马的时候，她是很爱我的。

玛克斯　我的侄女拉维妮娅这样做，是什么意思呢？

泰特斯　不要怕她，路歇斯。她总有一番意思。瞧，路歇斯，瞧她多么疼你；她是要你跟她到什么地方去哩。唉！孩子，她曾经比一个母亲教导她的儿子还要用心地读给你听那些美妙的诗歌和名人的演说哩。

玛克斯 你猜不出她为什么这样追着你吗？

小路歇斯 爷爷，我不知道，我也猜不出，除非她发疯了；因为我常常听见爷爷说，过分的悲哀会叫人发疯；我也曾在书上读到，特洛亚的赫卡柏王后因为伤心而变得疯狂；所以我有点害怕，虽然我知道我的好姑姑是像我自己的妈妈一般爱我的，倘不是发了疯，决不会把我吓得丢下了书本逃走。可是好姑姑，您不要见怪；要是玛克斯爷爷肯陪着我，我是愿意跟您去的。

玛克斯 路歇斯，我陪着你就是了。（拉维妮娅以足踢路歇斯落下之书。）

泰特斯 怎么，拉维妮娅！玛克斯，这是什么意思？她要看这儿的一本什么书。女儿，你要看哪一本？孩子，你替她翻开来吧。可是这些是小孩子念的书，你是要读高深一点儿的书的；来，到我的书斋里去拣选吧。读书可以帮助你忘记你的悲哀，耐心地等候着上天把恶人的阴谋暴露出来的一日。为什么她接连几次举起她的手臂来？

玛克斯 我想她的意思是说参与这件暴行的不止一个人；嗯，一定不止一人；否则她就是求告上天为她复仇。

泰特斯 路歇斯，她在不断踢动着的是本什么书？

小路歇斯 爷爷，那是奥维德的《变形记》，是我的妈妈给我的。

玛克斯 也许她眷念去世者，特意选择了它。

泰特斯 且慢！瞧她在多么忙碌地翻动着书页！（助拉维妮娅翻书）她要找些什么？拉维妮娅，要不要我读这一段？这是菲罗墨拉的悲惨的故事，讲到忒柔斯怎样用奸计把她奸污；我怕你的遭遇也和她一样呢。

玛克斯 瞧，哥哥，瞧！她在指点着书上的文句。

泰特斯 拉维妮娅，好孩子，你也像菲罗墨拉一样，在冷酷、广大而幽暗的树林里，遭到了强徒的暴力，被他污毁了你的身体吗？瞧，瞧！嗯，在我们打猎的地方，正有这样一个所在——啊！要是我们从来不曾在那地方打猎多好！——就像诗人所描写的一样，这儿天生就是一个让恶徒们杀人行凶的所在。

玛克斯 唉！大自然为什么要设下这样一个罪恶的陷阱？难道天神们也是喜欢悲剧的吗？

泰特斯 好孩子，这儿都是自己人，你用符号告诉我们是哪一个罗马贵人敢做下这样的事；是不是萨特尼纳斯效法往昔的塔昆，偷偷地跑出了自己的营帐，在鲁克丽丝的床上干那罪恶的行为？

玛克斯 坐下来，好侄女；哥哥，你也坐下。阿波罗、帕拉斯、乔武、麦鸠利，求你们启发我的心，让我探出这奸谋的究竟！哥哥，瞧这儿；瞧这儿，拉维妮娅：这是一块平坦的沙地，看我怎样在它上面写字。（*以口衔杖，以足拨动，使于沙上写字*）我已经不用手的帮助，把我的名字写下来了。该死的恶人，使我们不得不用这种方法传达我们的心思！好侄女，你也照着我的样子把那害你的家伙的名字写出来，我们一定替你复仇。愿上天指导着你的笔，让它表白出你的冤情，使我们知道谁是真正的凶徒！（*拉维妮娅衔杖口中，以断臂拨杖成字。*）

泰特斯 啊！兄弟，你看见她写些什么吗？“契伦，狄米特律斯”。

玛克斯 什么，什么！塔摩拉的荒淫的儿子们是干下这件惨无人道的行为的罪人吗？

泰特斯 统治万民的伟大的天神，你听见这样的惨事，看见这样的暴行吗？

玛克斯 啊！安静一些，哥哥；虽然我知道写在这地上的这几个字，可以在最驯良的心中激起一场叛乱，使柔弱的婴孩发出不平的呼声。哥哥，让我们一同跪下；拉维妮娅，你也跪下来；好孩子，罗马未来的勇士，你也跪下来；大家跟着我向天发誓，我们要像当初勃鲁托斯为了鲁克丽丝的受害而立誓报复一样，一定要运用我们的智谋心力，向这些奸恶的哥特人报复我们切身的仇恨，否则到死也不瞑目。

泰特斯 要是你知道用什么方法可以达到我们的目的，那当然没有问题；可是当你追捕这两头小熊的时候，留心吧，那母熊要是她嗅到了你的气息，是会醒来的。她现在正和狮子勾结得非常亲密，向他施展出种种迷人的手段，当他睡熟以后，她就可以为所欲为了。你是一个经验不足的猎人，玛克斯，还是少管闲事吧。来，我要去拿一片铜箔，用钢铁的尖镞把这两个名字刻在上面藏起来；一阵怒号的北风吹起，这些沙土就要漫天飞扬，那时候你到哪儿去找寻它们呢？孩子，你怎样说？

小路歇斯 我说，爷爷，倘然我年纪不是这样小，这些恶奴即使躲在他们母亲的房间里，我也决不放过他们。

玛克斯 嗯，那才是我的好孩子！你的父亲也是常常为了他的忘恩的祖国而出生入死、不顾一切危险的。

小路歇斯 爷爷，要是我长大了，我也一定这样做。

泰特斯 来，跟我到我的武库里去；路歇斯，我要替你拣一副兵器，而且我还要叫我的孩子替我送一些礼物去给那皇后的两个儿子哩。来，来，你愿意替我干这一件差使吗？

小路歇斯 嗯，爷爷，我愿意把我的刀子插进他们的心口里去。

泰特斯 不，孩子，不是这样说；我要教你另外一种办法。拉维妮娅，来。玛克斯，你在我家里看守着；路歇斯跟我要到宫廷里去拼他一拼。嗯，是的，我们要去拼他一拼。（泰特斯、拉维妮娅及小路歇斯下。）

玛克斯 天啊！你能够听见一个好人的呻吟，却对他一点不动怜悯之心吗？悲哀在他心上刻下的创痕，比战士盾牌上的剑痕更多；看他疯疯癫癫的，不知要干出些什么事来，玛克斯，你得留心看着他才是。天啊，为年老的安德洛尼克斯复仇吧！（下。）

第二场　同前。宫中一室

艾伦、狄米特律斯及契伦自一方上；小路歇斯及一侍从持武器一捆及诗笺一卷自另一方上。

契伦 狄米特律斯，这是路歇斯的儿子，他要来送一个信给我们。

艾伦 嗯，一定是他的疯爷爷叫他送什么疯信来了。

小路歇斯 两位王子，安德洛尼克斯叫我来向你们致敬。（旁白）愿罗马的神明毁掉你们！

狄米特律斯 谢谢你，可爱的路歇斯；你给我们带些什么消息来了？

小路歇斯 （旁白）你们两个人已经确定是两个强奸命妇的凶徒，这就是消息。（高声）家祖父叫我多多拜上两位王子，他说你们都是英俊的青年，罗马的干城，叫我把他武库里几件最好的武器送给你们，以备不时之需，请两位千万收下了。现在我就向你们告别；（旁白）你们这一对该死的恶棍！（小路歇斯及侍从下。）

狄米特律斯 这是什么？一个纸卷，上面还写着诗句？让我们看看：——（读）

弓伸天讨剑诛贼，

抉尽神奸巨憝心。

契伦 哦！这是两句贺拉斯的诗，我早就在文法书上念过了。

艾伦 嗯，不错，是两句贺拉斯的诗；你说得对。（旁白）嘿，一个人做了蠢驴又有什么办法！这可不是开玩笑的事！那老头儿已经发现了他们的罪恶，把这些兵器送给他们，还题上这样的句子，明明是揭破他们的秘密，他们却还一点没有知觉。要是我们聪明的皇后也在这儿的话，她一定会佩服安德洛尼克斯的才情；可是现在她正不大好过，还是不要惊动她吧。（向狄米特律斯、契伦）两位小王子，那引导我们到罗马来的，不是一颗幸运的星吗？我们本来只是些异邦的俘虏，现在却享受着这样的尊荣，就是我也敢在宫门之前把那护民官辱骂，不怕被他的哥哥听见，好不痛快。

狄米特律斯 可是尤其使我高兴的是这样一位了不得的大人物现在也会卑躬屈节，向我们送礼献媚了。

艾伦 难道他没有理由吗，狄米特律斯王子？你们不是很看得起他的女儿吗？

狄米特律斯 我希望有一千个罗马女人给我们照样玩弄，轮流做我们泄欲的工具。

契伦 好一个普渡众生的多情宏愿！

艾伦 可惜你们的母亲不在跟前，少了一个说“阿门”的人。

契伦 她当然会说的，再有两万个女人她也不会反对。

狄米特律斯 来，让我们去为我们正在生产的苦痛中的亲爱的母亲向诸神祈祷吧。

艾伦 （旁白）还是去向魔鬼祈祷的好；天神们早已舍弃我们了。（喇叭声。）

狄米特律斯 为什么皇帝的喇叭吹得这样响？

契伦 恐怕是庆祝皇帝新添了一位太子。

狄米特律斯 且慢！谁来了？

乳媪抱黑婴上。

乳媪 早安，各位大爷。啊！告诉我，你们看见那摩尔人艾伦吗？

艾伦 呃，远在天边，近在眼前，艾伦就是我。你找艾伦有什么事？

乳媪 啊，好艾伦！咱们全完了！快想个办法，否则你的性命也要保不住啦！

艾伦 嗳哟，你在吵些什么！你抱在手里的是个什么东西？

乳媪 啊！我但愿把它藏在不见天日的地方；这是我们皇后的羞愧，庄严的罗马的耻辱！她生了，各位爷们，她生了。

艾伦 她生了谁的气吗？

乳媪 我是说她生产了。

艾伦 好，上帝给她安息！她生下个什么来啦？

乳媪 一个魔鬼。

艾伦 啊，那么她是魔鬼的老娘了；恭喜恭喜！

乳媪 一个叫人看见了就丧气的、又黑又丑的孩子。你瞧吧，把他放在我们国家里那些白白胖胖的孩子们的中间，他简直像一只蛤蟆。娘娘叫我把他送给你，因为他身上盖着你的戳印；她吩咐你用你的刀尖替他施洗。

艾伦 胡说，你这娼妇！难道长得黑一点儿就这样要不得吗？好宝贝，你是一朵美丽的鲜花哩。

狄米特律斯 混蛋，你干了什么事啦？

艾伦 事情已经干了，又有什么办法？

狄米特律斯 该死的恶狗！你把我们的母亲毁了。也是她有眼无珠，偏会看中你这个丑货，生下了这可咒诅的妖种！

契伦 这孽种不能让他留在世上。

艾伦 他不能死。

乳媪 艾伦，他必须死；这是他母亲的意思。

艾伦 什么！他必须死吗，奶妈？那么除了我自己以外，谁也不能动手杀害我的亲生骨肉。

狄米特律斯 我要把这小蝌蚪穿在我的剑头上。奶妈，把他给我；我的剑一下子就可以结果了他。

艾伦 你要是敢碰他一碰，这一柄剑就要把你的肚肠一起挑出来。（自乳媪怀中夺儿，拔剑）住手，杀人的凶手们！你们要杀死你们的兄弟吗？你们的母亲在光天化日之下受孕怀胎，生下了这个孩子，现在我就凭着照耀天空的火轮起誓，谁敢碰我这初生的儿子，我一定要叫他死在我的剑锋之下。我告诉你们，哥儿们，无论哪一个三头六臂的天神天将，都不能把我这孩子从他父亲的手里夺下。嘿，嘿，你们这些粉面红唇的不懂事的孩子们！你们这些涂着白垩的泥墙！你们这些酒店里的白漆招牌！黑炭才是最好的颜色，它是不屑于用其他的色彩涂染的；大洋里所有的水不能使天鹅的黑腿变成白色，虽然它每时每刻都在波涛里冲洗。你去替我回复皇后，说我不是一个小孩子了，我自己的儿女应该由我自己抚养，请她随便想个什么方法把这回事情掩饰过去吧。

狄米特律斯 你想这样出卖你的主妇吗？

艾伦 我的主妇只是我的主妇，这孩子可就是我自己，他是我青春的活力和影子，我重视他甚于整个世界；我要不顾一切险阻保护他的安全，否则你们中间免不了有人要在罗马流血。

狄米特律斯 那么我们的母亲要从此丢脸了。

契伦 罗马将要为了她这种丑行而蔑视她。

乳媪 皇上一发怒，说不定就会把她判处死刑。

契伦 我一想到这种丑事就要脸红。

艾伦 嘿，这就是你们的美貌的好处。哼，不可信任的颜色！它会泄漏你们心底的秘密。这儿是一个跟你们不同颜色的孩子；瞧这小黑奴向他的父亲笑得多么迷人；他好像在说，"老家伙，我是你的亲儿子呀。"他是你们的兄弟；你们母亲的血肉养育了你们，也养育了他，大家都是从一个娘胎里出来的；虽然他的脸上盖着我的戳印，他总是你们的兄弟呀。

乳媪 艾伦，我应该怎样回复娘娘呢？

狄米特律斯 艾伦，你想一个万全的方法，我们愿意接受你的意见；只要大家无事，你尽管保全你的孩子好了。

艾伦 那么我们坐下来商议商议；我的儿子跟我两人坐在这儿，你们的一举一动都逃不了我们的眼睛；你们坐在那儿别动；现在由你们去讨论你们的万全之计吧。（众就坐。）

狄米特律斯 哪几个女人看见过他这个孩子？

艾伦 很好，两位勇敢的王子！当我们大家站在一条线上的时候，我是一头羔羊；可是你们倘要撩惹我这摩尔人，那么发怒的野猪、深山的母狮或是汹涌的海洋，都比不上艾伦凶暴。可是说吧，多少人曾经看见了这孩子？

乳媪 除了娘娘自己以外，只有稳婆科尼利娅跟我两个人看见。

艾伦 皇后、稳婆和你三个人；两个人是可以保守秘密的，只要把第三个人除去。你去告诉皇后，说我这样说：（挺剑刺乳媪）"喊克喊克！"一头刺上炙叉的母猪是这样叫的。

狄米特律斯 你这是什么意思，艾伦？为什么要杀死她？

艾伦 嗳哟，我的爷，这是策略上的必要呀；难道我们应该让她留在世上，掉弄她搬弄是非的长舌，泄漏我们的罪恶吗？不，王子们，不。现在我把我的主意完全告诉了你们吧。在不远的地方住着一个名叫牟利的人，他也是个摩尔人；他的妻子昨天晚上生产，生下个白皮肤的孩子，白得就跟你们一样。我们现在可以去跟他掉换一下，给那妇人一些钱，把一切情形告诉他们，对他们说他们的孩子一进宫去，大家只知道他是皇上的小太子，保证享受荣华，后福无穷。

这样人不知、鬼不觉地把我的孩子换了出来，让那皇帝抱着一个野种当作自己的骨肉，一场风波不就可以毫无痕迹地消弭了吗？听我说，两位王子；你们瞧我已经给她服下了安眠灵药，（指乳媪）现在就烦你们替她料理葬事；附近有的是空地，你们又是两位胆大气壮的好汉。这事情办好以后，不要耽搁时间，立刻就去叫那稳婆来见我。我们把那稳婆和奶妈收拾出去，随那些娘儿们谈长论短去吧。

契伦 艾伦，我看你要是有了秘密，真是不会让一丝风把它走漏出去的。

狄米特律斯 塔摩拉一定非常感激你的爱护。（狄米特律斯、契伦抬乳媪尸下。）

艾伦 现在我要像燕子一般飞到哥特人的地方去，替我这怀抱里的宝贝找一个安身之处；我还要秘密会晤皇后的朋友们。来，你这厚嘴唇的奴才，我要抱着你离开这里，都是你害得我变成了一个亡命之徒。我要给你吃野果和菜根，喝些乳脂乳浆，让山羊供给你乳汁，和你栖息在山洞里，把你抚养长大，做一个指挥大军的战士。（抱婴孩下。）

第三场　同前。广场

泰特斯持箭数枝，箭端各系书札，率玛克斯、小路歇斯、坡勃律斯、辛普洛捏斯、卡厄斯及其他军官等各持弓上。

泰特斯 来，玛克斯；来，各位贤侄，到这儿来。哥儿，现在让我瞧瞧你的箭法如何；小心瞄准了，一直向那儿射去。记着，玛克斯，公道女神已经离开了人间，她已经逃走了。来，大家拿起弓来。你们各位替我到海洋里捞捞，把网儿撒下去，也许你们可以在海底找到她，可是海里和陆地上一样，一点公道都没有的。不，坡勃律斯和辛普洛涅斯，我必须麻烦你们一下；你们必须用锄头铁锹一直掘下地心，当你们掘到普路同①境内的时候，请把这封请愿书送给他，要求他主持公道，援助无辜，对他说，这是在忘恩的罗马含冤负屈的年老的安德洛尼克斯写给他的。啊，罗马！都是我害你受苦，我不该怂恿民众拥戴一个暴君，让他把我这样凌辱。去，你们去吧，大家小心一点，每一艘战舰都要仔细搜过，也许这恶皇帝把她运送出去了；那时候，各位贤侄，我们再到什么地方去呼冤呢？

玛克斯 啊，坡勃律斯！你看你的伯父疯得这个样子，好不凄惨！

坡勃律斯 所以，父亲，我们不能不早晚留心，一刻也不离开他的身边，什么事情都顺他的意思，等时间慢慢医治他的伤痕。

玛克斯 各位贤侄，他的伤心是无法医治的了。我们还是联合哥特人，用武力征伐忘恩的罗马，向萨特尼纳斯这奸贼复仇吧。

泰特斯 坡勃律斯，怎么！怎么，诸位朋友！你们碰见她了吗？

坡勃律斯 不，我的好伯父；可是普路同有信给您，他说您要是

---

①普路同（Pluto），希腊神话中冥土之神。

需要差遣复仇女神的话，他可以叫她暂离地狱，听候您的使唤；可是公道女神事情很忙，也许她在天上跟乔武有些公事要接洽，也许她在别的什么地方，您要是一定要借重她的话，只好等些时候再说了。

泰特斯 他不该老是这样拖延时日，耽误了我的事情。我要跳到地狱深处的火湖里去，抓住她的脚把她拉出来。玛克斯，我们不过是些小小的灌木，并不是参天的松柏；我们不是庞大的巨人，玛克斯，可是我们有的是铜筋铁骨，然而我们肩上所负的冤屈，却已经把我们压得快要支持不住了。既然人世和地狱都没有公道存在，我们只好祈求天上的神明，快快把公道降下人间，为我们伸冤雪恨。来，大家拿起弓来。你是一个射箭的好手，玛克斯。（以箭分授众人）你把这一支箭射到乔武那儿去；这一支是给阿波罗的；我自己把这一支射给马斯；这是给帕拉斯的，孩子；这是给麦鸠利的；这是给萨登的，卡厄斯，不要弄错了射到萨特尼纳斯的地方去，那就变成了向风射箭，一点用处都没有了。动手吧，孩子！玛克斯，我吩咐你的时候，你就把箭射出去。这回我写得一点不含糊，每一个天神我都向他请求到了。

玛克斯 各位贤侄，把你们的箭一齐射到皇宫里去，激发激发那皇帝的天良。

泰特斯 现在大家拉弓吧。（众射）啊！很好，路歇斯！好孩子，这一箭要射进帕拉斯女神的怀里。

玛克斯 哥哥，我的箭已经越过月亮一哩之遥！这时候乔武一定可以收到你的信了。

泰特斯 哈！坡勃律斯，坡勃律斯，你干了什么事啦？瞧，瞧！金牛星的一个角儿也给你射掉啦。

玛克斯 怪有趣的，哥哥，当坡勃律斯射箭的时候，那金牛星发起脾气来，向白羊星使劲一撞，把两只羊角都撞下来了，刚巧落在皇宫里，给那皇后所宠爱的摩尔人拾到了；她笑着对他说，他应该把这两只角儿送给皇上做一件礼物。

泰特斯 看，长在他头上了；老天爷给了皇上好大的福气！

一乡人携篮上，篮中有二鸽。

泰特斯 啊！从天上来的消息！玛克斯，天上的报信人来了。喂，你带了什么消息来？有什么信没有？他们答应替我主持公道吗？乔武怎么说？

乡人 啊！您说的是那个装绞架的家伙吗？他说他已经把绞架拆下来了，因为那个人要在下星期才处决哩。

泰特斯 可是我问你，乔武怎么说？

乡人 唉！老爷，我不认识什么乔武；我从来不曾跟他在一起喝过酒。

泰特斯 嗨，糊涂虫，那么你不是送信的吗？

乡人 哎，老爷，我是送鸽子的，不送什么信。

泰特斯 你不是从天上来的吗？

乡人 从天上来的！唉，老爷，我从来不曾到天上去过。上帝保佑我，我现在年纪轻轻的，还不想上天堂哩。我现在带了鸽子，要到平民法庭去；我的舅舅跟一个皇帝手下的卫士吵了架，我要帮他打官司去。

玛克斯 哥哥，你的呈文叫他送去，倒是再适当没有了；这两只鸽子就算是你的贡物，让他拿去献给那皇帝吧。

泰特斯 告诉我，你能不能好好地求神似的向皇帝递一个呈文哪？

乡人 不会，老爷，我一生连顿顿饭前也没有好好地向神谢恩过。

泰特斯 喂，过来。你也不用多麻烦，到什么法庭去了；这两只鸽子你就拿去送给皇帝，凭着我的面子，他一定会帮助你打赢这场官司的。等一等，等一等，我还要赏你几个钱哩。把笔墨给我拿来。喂，你会不会按着礼节送一封呈文？

乡人 是，老爷。

泰特斯 那么这儿有一封呈文，你给我送一送吧。你走到他面前的时候，就向他跪下，跟着就吻他的脚，跟着就把你的鸽子送上去，然后你就可以等他给你赏钱。我要在不远的地方看着你，你可要好好地作。

乡人 您放心吧，老爷；瞧着我就是了。

泰特斯 喂，你有没有一把刀子？来，让我看看。玛克斯，你把它夹在呈文里面。这封呈文送给皇帝以后，你就来敲我的门，告诉我他说什么话。

乡人 上帝和您同在，老爷；我就给您送去。

泰特斯 来，玛克斯，我们去吧。坡勃律斯，跟我来。（同下。）

第四场 同前。皇宫前

萨特尼纳斯、塔摩拉、狄米特律斯、契伦、群臣及余人等上；萨特尼纳斯手握泰特斯所射之箭。

萨特尼纳斯 嘿，诸位，你们瞧，全是些诉冤叫屈的话儿！哪一个罗马皇帝曾经凭空遭到这样的烦扰和侮蔑？诸位想都明白，虽然这些破坏我们安宁的家伙到处向人民散播谣言，我们对于老安德洛尼克斯那两个顽劣的儿子所下的判决，完全是一秉至公，以法律为根据的。即使他的悲伤把他的头脑搅糊涂了，难道我必须受他疯狂的侮辱和咒骂吗？现在他写信到天上呼冤去了：瞧，这是给乔武的，这是给麦鸠利的，这是给阿波罗的，这是给战神马斯的；让这些纸片在罗马满街飞扬，那才够人瞧的！这不是对元老院的公然诽谤，向全国宣传我们的不公道吗？这不是大开玩笑吗？诸位，让人家说，在罗马是没有公道的？可是我还没有死，我决不容忍他这样装疯装癫地掩饰他的狂妄的行为；我要叫他和他一伙人知道，萨特尼纳斯一天活在世上，公道一天不会死亡，他的正义的怒火一旦燃烧起来，最骄傲的阴谋者也逃不了他的斧钺的严威。

塔摩拉 我的仁慈的皇上，我的亲爱的萨特尼纳斯，我的生命的主人，我的思想的指挥者，不要生气；泰特斯年纪老了，有什么不对的地方，你担待担待他吧；这都是因为他死了两个好儿子，伤透了心，所以才气成这个样子；你应该安慰安慰他的不幸的处境，这种目无君上的行为，也就不必计较了。（*旁白*）面面讨好是塔摩拉的聪明的计策；可是，泰特斯，我已经刺中你的要害，你的生命的血液已经流尽了。但愿艾伦不要一时懵懂，坏了我的事，那才要谢天谢地呢。

乡人上。

塔摩拉 啊，好朋友，你要见我们说话吗？

乡人 正是，请问您这位先生是不是皇帝？

塔摩拉 我是皇后，那里坐着的才是皇帝。

乡人 正是他。上帝和圣斯蒂芬祝福您！我给您送来了一封信和一对鸽子。（萨特尼纳斯读信。）

萨特尼纳斯 来，把他抓下去，立刻吊死他。

乡人 我可以得到几个赏钱？

塔摩拉 来，小子，我们要吊死你哩。

乡人 吊死我！嗳哟，想不到我长了一个脖子，却要得到这样的下场！（卫士押乡人下。）

萨特尼纳斯 可恶的不能容忍的侮辱！我应该宽纵这样重大的奸谋吗？我知道这是谁玩的花样；这也是可以忍受的吗？他那两个奸恶的儿子暗杀了我的兄弟，明明按照法律应该抵命，照他的口气，却好像是我冤杀了他们似的！去，把那老贼揪住了头发抓了来；他的年龄和地位都不能让他沾到一些便宜。为了这样无礼的讥嘲，我要做你的刽子手，狡猾的疯老头儿；你是因为想把我和罗马一手挟制，才把我捧上皇位的。

伊米力斯上。

萨特尼纳斯 你有些什么消息，伊米力斯？

伊米力斯 武装起来，武装起来，陛下！罗马已经到了最紧急的关头，哥特人已经集合大队人马，一个个抱着坚强的决心，来向我们进攻了；领队的就是路歇斯，老安德洛尼克斯的儿子，他声势汹汹地立誓复仇，要像科利奥兰纳斯一般把罗马踏成平地。

萨特尼纳斯 好战的路歇斯做了哥特人的统帅了吗？这些消息把

我吓冷了大半截，使我像一朵霜打的残花、一茎风吹的小草一般垂头丧气。嗯，现在不幸已经向我们开始袭来了。他是平民所喜爱的人；我自己微服私行的时候，常常听见他们说，路歇斯的放逐是不公的，他们希望路歇斯做他们的皇帝。

塔摩拉 为什么你要害怕呢？罗马城不是守卫得很巩固吗？

萨特尼纳斯 嗯，可是民心都向着路歇斯，人们一定会叛变我，帮助他把我推翻。

塔摩拉 你是个皇帝，愿你的思想也像你的名号一样高贵。太阳会因为蚊蚋的飞翔而黯淡了它的光辉吗？鹰隼放任小鸟的歌吟，不去理会它们唱些什么，它知道它的巨翼的黑影，可以随时遏止它们的乐曲；那些反复无常的罗马人，你也可以这样对付他们。所以鼓起你的精神来吧，你这皇帝；你知道我要用一些花言巧语去迷惑那老安德洛尼克斯，那些言语是比引诱鱼儿上钩的香饵或是毒害羊群的肥美的苜蓿更甜蜜更危险的。

萨特尼纳斯 但是他决不会为我们向他的儿子求情。

塔摩拉 要是塔摩拉请求他，他一定不会拒绝；因为我可以用慷慨的许诺灌进他的老迈的耳中；即使他的心坚不可摧，他的耳朵完全聋了，我也会使他的耳朵和他的心受我的舌头的指挥。（*向伊米力斯*）你先去传达我们的旨意，就说皇上要向勇敢的路歇斯提出和议，请他就在他父亲老安德洛尼克斯家里跟我们相会。

萨特尼纳斯 伊米力斯，希望你此去不辱使命；要是他坚持为了他个人安全起见，我们必须给他一些什么保证，你就对他说无论他提出什么条件，我们都可以照办。

伊米力斯 我一定尽力执行陛下的命令。（下。）

塔摩拉 现在我要去见老安德洛尼克斯，用我的全副手段劝诱他叫那骄傲的路歇斯脱离哥特人的队伍。亲爱的皇帝，快活起来，把你的一切忧虑埋葬在我的妙计之中吧。

萨特尼纳斯 那么你就去求求他看。（同下。）

第五幕

第一场 罗马附近平原

喇叭奏花腔。旗鼓前导，路歇斯及一队哥特战士上。

路歇斯 各位忠勇的战友，我已经从伟大的罗马得到信息，告诉我罗马人民是怎样痛恨他们的皇帝，怎样热切希望我们去拯救他们。所以，诸位将军，愿你们一鼓作气，振起你们复仇的决心；凡是罗马所曾给与你们的伤痕，你们都要从他身上获得三倍的报偿。

哥特人甲 伟大的安德洛尼克斯的勇敢的后人，你的父亲的名字曾经使我们胆裂，现在却成为我们的安慰了，他的丰功伟绩，却被忘恩的罗马用卑劣的轻蔑作为报答；愿你信任我们，我们愿意服从你的领导，像一群盛夏的有刺的蜜蜂跟随它们的君后飞往百花怒放的原野一般，向可咒诅的塔摩拉声讨她的罪恶。

众哥特人 他所说的话，也就是我们大家所要说的。

路歇斯 我深深感激你们各位的好意。可是那里有一个哥特壮士领了个什么人来了？

一哥特人率艾伦抱婴孩上。

哥特人乙 威名远播的路歇斯，我刚才因为看见路旁有一座毁废了的寺院，一时看得出了神，不知不觉地离开了队伍；当我正在凭吊那颓垣碎瓦的时候，忽然听见在一堵墙下有一个小孩的哭声；我向那哭声走去，就听见有人在对那啼哭的婴儿说话，他说："别哭，小黑奴，一半是我，一半是你的娘！倘不是你的皮肤的颜色泄漏了你的出身的秘密，要是造化让你生得和你母亲一个模样，小东西，谁说你不会有一天做了皇帝？可是公牛母牛倘然都是白的，决不会生下一头黑炭似的小牛来。别哭！小东西，别哭！"——他这样叱骂着那孩子，——"我必须把你交到一个靠得住的哥特人手里；他要是知道了你是皇后的孩子，看在你妈的面上，一定会好好照顾你。"我听他这样说，就把剑拔在手里，出其不意地把他抓住，带到这儿来请你发落。

路歇斯 啊，勇敢的哥特人，这就是那个恶魔的化身，是他害安德洛尼克斯失去了他的手；他是你们女王眼中的明珠，这小孩便是他淫欲的恶果。说，你这眼睛骨碌碌的奴才，你要把你自己这一副鬼脸的模型带到哪里去？你为什么不说话？什么，聋了吗？不说一句话？兵士们，拿一根绳子来！把他吊死在这株树上，把他那私生的贱种也吊在他的旁边。

艾伦 不要碰这孩子；他是有王族的血液的。

路歇斯 这孩子太像他的父亲了，长大了也不是个好东西。先把孩子吊起来，让他看看他挣扎的情形，叫他心里难受难受。拿一张梯子来。（兵士等携梯至，驱艾伦登梯。）

艾伦 路歇斯，保全这孩子的生命；替我把他带去送给皇后。你要是答应做到这一件事，我可以告诉你许多惊人的事情，你听了一定可以得益不少。要是你不答应我，那么我就听天由命，什么话都没有，但愿你们全都不得好死！

路歇斯 说吧，要是你讲的话使我听了满意，我就让你的孩子活命，并且一定把他抚养长大。

艾伦 使你听了满意！哼，老实告诉你吧，路歇斯，我所要说的话是会使你听了痛苦万分的；因为我必须讲到暗杀、强奸、流血、黑夜的秘密、卑污的行动、奸逆的阴谋和种种骇人听闻的恶事；这一切都要因为我的一死而湮灭，除非你向我发誓保全我的孩子的生命。

路歇斯 把你心里的话说出来；我答应让你的孩子活命。

艾伦 你必须向我发过了誓，我才开始我的叙述。

路歇斯 我应该凭着什么发誓呢？你是不信神明的，那么你怎么会相信别人的誓呢？

艾伦 我固然是不信神明的，可是那有什么关系呢？我知道你是个敬天畏神的人，你的胸膛里有一件叫做良心的东西，还有一二十种可笑的教规和仪式，我看你是把它们十分看重的，所以我才一定要你发誓；因为我知道一个痴人是会把一件玩意儿当作神明的，他会终身遵守凭看那神明所发的誓，所以你必须凭着你所敬信的无论什么神明发誓保全我的孩子的生命，并且把他抚养长大，否则我就什么也不告诉你。

路歇斯 我就凭着我的神明向你起誓，我一定保全他的生命，并且把他抚养长大。

艾伦 第一我要告诉你，他是我跟皇后所生的。

路歇斯 啊，好一个荒淫放荡的妇人！

艾伦 嘿！路歇斯，这比起我将要告诉你的那些事情来，还算是一件好事哩。暗杀巴西安纳斯的就是她的两个儿子；也是他们割去你妹妹的舌头、奸污了她的身体，还把她的两手砍下，把她修剪成像你所看见的那样子。

路歇斯 啊，可恨的恶汉！你还说什么修剪哪？

艾伦 是呀，洗了，砍了，修剪了！干这事的人大大修整了一番，好不畅心。

路歇斯 啊，野蛮的禽兽一般的恶人，正像你这家伙一样！

艾伦 不错，我正是教导他们的师傅哩。他们那一副好色的天性是他们的母亲传给他们的，那杀人作恶的心肠，却是从我这儿学去的；他们是风月场中猎艳的能手，也是两条不怕血腥气味的猘犬。好，让我的行为证明我的本领吧。我把你那两个兄弟诱到了躺着巴西安纳斯尸首的洞里；我写下那封被你父亲拾到的信，把那信上提到的金子埋在树下，皇后和她的两个儿子都是我的同谋；凡是你所引为痛心的事情，哪一件没有我在里边捣鬼？我设计诓骗你的父亲，叫他砍去了自己的手，当他的手拿来给我的时候，我躲在一旁，几乎把肚子都笑破了。当他牺牲了一只手，换到了他两个儿子的头颅的时候，我从墙缝里偷看他哭得好不伤心，把我笑个不住，我的眼睛里也像他一样充满眼泪了。后来我把这笑话告诉皇后，她听见这样有趣的故事，简直乐得晕过去了，为了我这好消息，她还赏给我二十个吻哩。

哥特人甲　什么！你好意思讲这些话，一点不觉得羞愧吗？

艾伦　嗯，就像人家说的，黑狗不会脸红。

路歇斯　你干了这些十恶不赦的事情，不知道后悔吗？

艾伦　嗯，我只悔恨自己不再多犯下一千件的罪恶，现在我还在咒诅着命运不给我更多的机会哩。可是我想在受到我的咒诅的那些人们中间，没有几个能够逃得过我的恶作剧的播弄：譬如杀死一个人，或是设计谋害他的生命；强奸一个处女，或是阴谋破坏她的贞操；诬陷清白的好人，毁弃亲口发下的誓言；在两个朋友之间挑拨离间，使他们变成势不两立的仇敌；穷人的家畜我会叫它们无端折断了颈项；谷仓和草堆我会叫它们夜间失火，还去吩咐它们的主人用眼泪浇熄它们；我常常从坟墓中间掘起死人的骸骨来，把它们直挺挺地竖立在它们亲友的门前，当他们的哀伤早已冷淡下去的时候；在尸皮上我用刀子刻下一行字句，就像那是一片树皮一样，"虽然我死了，愿你们的悲哀永不消灭。"嘿！我曾经干下一千种可怕的事情，就像一个人打死一只苍蝇一般不当作一回事儿，最使我恼恨的，就是我不能再做一万件这样的恶事了。

路歇斯　把这恶魔带下来；把他干干脆脆地吊死，未免太便宜他了。

艾伦　假如世上果然有恶魔，我就愿意做一个恶魔，在永生的烈火中受着不死的煎灼；只要地狱里有你陪着我，我要用我的毒舌折磨你的灵魂！

路歇斯 弟兄们，塞住他的嘴，不要让他说下去。

一哥特人上。

哥特人 将军，罗马差了一个人来，要求见你一面。

路歇斯 叫他过来。

伊米力斯上。

路歇斯 欢迎，伊米力斯！罗马有什么消息？

伊米力斯 路歇斯将军，和各位哥特王子们，罗马皇帝叫我来问候你们；他因为闻知你们兴师远来，要求在令尊家里跟你谈判和平；要是你需要保证的话，我们可以立刻提交你们。

哥特人甲 我们的主帅怎样说？

路歇斯 伊米力斯，你去回复你家皇帝，叫他把保证交给我的父亲和我的叔父玛克斯，我们就可以和他会面。整队前进！（众下。）

第二场　罗马。泰特斯家门前

塔摩拉、狄米特律斯及契伦各化装上。

塔摩拉 我穿着这一身奇异而惨淡的服装，去和安德洛尼克斯相见，对他说我是复仇女神，奉着冥王的差遣来到世上，帮助他伸雪奇冤。听说他一天到晚在他的书斋之内，思索着种种骇人的复仇妙计；现在你们就去敲他的门，告诉他，复仇女神来帮助他铲除他的敌人了。（敲门。）

泰特斯自上方上。

泰特斯 谁在那儿扰乱我的沉思？你们想骗我开了门，让我的郑重的计划书一起飞掉，害我白费一场心思吗？你们打算错了；你们瞧，我已经把我所预备做的事情血淋淋地写了下来：凡是在这儿写下的，我都要把它们全部实行。

塔摩拉 泰特斯，我要来跟你谈谈。

泰特斯 不，一句话也不用谈；我是个缺手的人，怎么能够用手势帮助我谈话的语气呢？我说不过你，所以不用谈了吧。

塔摩拉 要是你知道我是谁，你一定愿意跟我谈话。

泰特斯 我没有发疯；我知道你是谁。这凄惨的断臂，这一道道殷红的血痕，这些被忧虑刻下的凹纹，疲倦的白昼和烦恼的黑夜，一切的悲哀怨恨，都可以为我作证，我认识你是我们骄傲的皇后，不可一世的塔摩拉。你不是来讨我那另一只手的吗？

塔摩拉 告诉你吧，你这不幸的人，我不是塔摩拉；她是你的仇敌，我是你的朋友。我是复仇女神，从下界的冥国中奉派前来，帮助你歼灭仇人，解除那咬啮着你的心的痛苦。下来，欢迎我来到这人世之上；跟我商议商议杀人的方法吧。无论哪一处空洞的岩穴、隐身的幽窟、广大的僻野或是烟雾弥漫的山谷，凡是杀人的凶手和强奸的恶徒因恐惧而躲藏的所在，我都可以把他们找寻出来，在他们的耳边告诉他们我的名字就是可怕的复仇，使那些作恶的罪人心惊胆裂。

泰特斯 你果然是复仇女神吗？你是奉命来帮助我惩罚我的仇敌的吗？

塔摩拉 我正是；所以出来欢迎我吧。

泰特斯 那么在我没有出来以前，先请你替我做一件事。瞧，在你的身旁一边站着强奸，一边站着暗杀；现在你必须向我证明你确是复仇女神，把他们刺杀了吧，或是把他们缚在你的车轮上碾死他们，那么我就下来做你的车夫，跟着你在大地的周围环绕巡行：我会替你备下两匹漆黑的壮健的小马，拖着你的愤怒的云车快步飞奔，在罪恶的巢穴中找出杀人犯的踪迹；当你的车上载满他们的头颅以后，我愿意下车步行，像一个忠顺的脚夫，从太阳升上东方的时候起，一直走到它没下海中；每天每天我愿意做这样劳苦的工作，只要你现在把强奸和暗杀这两个恶魔杀死。

塔摩拉 这两个是我的助手，跟着我一起来的。

泰特斯 他们是你的助手吗？叫什么名字？

塔摩拉 一个就叫强奸，一个就叫暗杀；因为他们的职务就是惩罚这两种恶人。

泰特斯 上帝啊，他们多么像那皇后的两个儿子，你多么像那皇后！可是我们这些凡俗之人，虽然生了一双眼睛，往往会混淆黑白，颠倒是非。亲爱的复仇女神啊！现在我出来迎接你了；要是你不嫌我只有一只手臂，我要用这一只手臂拥抱你。（自上方下。）

塔摩拉 这一套鬼话刚巧打进他的疯狂的心坎。现在他已经深信我是复仇女神了，你们在言语之间，留心不要露出破绽；我要利用他这种疯狂的轻信，叫他召唤他的儿子路歇斯来，在宴会席上把他稳住了，我就临时使出一些巧妙的手段，遣散那些心性轻浮的哥特人，或者至少使他们变成他的仇敌。瞧，他来了，我必须继续对他装神扮鬼。

泰特斯上。

泰特斯 这许多时候我是一个孤立无援的人，渴望着你的到来；欢迎，可怕的复仇女神，欢迎你光临我这凄凉的屋宇！强奸和暗杀，你们两位也是欢迎的！你们多么像那皇后和她的两个儿子！要是再加上一个摩尔人，那就一无欠缺了；难道整个地狱里找不到这样一个魔鬼吗？因为我知道那皇后无论到什么地方，总有一个摩尔人跟随在她的左右；你们要是想装扮我们的皇后，这样一个魔鬼是少不了的。可是你们来了，总是欢迎的。我们应该怎么办呢？

塔摩拉 你要我们干些什么事，安德洛尼克斯？

狄米特律斯 指点一个杀人的凶手给我看，让我处置他。

契伦 指点一个强奸的暴徒给我看，我会惩罚他。

塔摩拉 指点一千个曾经害你受苦的人给我看，我会替你向他们复仇。

泰特斯 你到罗马的罪恶的街道上去访寻，要是找到一个和你一般模样的人，好暗杀啊，你把他刺杀了吧，他是一个杀人的凶手。你也跟着他去，要是你也找得到另一个和你一般模样的人，好强奸啊，你把他刺杀了吧，他是一个强奸妇女的暴徒。你也跟着他们去；在皇帝的宫里，有一个随身带着一个摩尔黑奴的皇后，她是很容易认识的，因为从头到脚，她都活像你自己；请你用残酷的手段处死他们，因为他们曾经用残酷的手段对待我和我的儿女们。

塔摩拉 领教领教，我们一定替你办到就是了。可是，好安德洛尼克斯，听说你那位勇武非常的儿子路歇斯已经带了一大队善战的哥特人打到罗马来了，可不可以请你叫他到你家里来，为他设席洗尘；当他到来的时候，就在隆重的宴会之中，我去把那皇后和她的两个儿子，还有那皇帝自己以及你所有的仇人一起带来，让他们在你的脚下长跪乞怜，你可以向他们痛痛快快地发泄你的愤恨。不知道安德洛尼克斯对于这一个计策有什么意见？

泰特斯 玛克斯，我的兄弟！悲哀的泰特斯在呼喊你。

玛克斯上。

泰特斯 好玛克斯，到你侄儿路歇斯的地方去；你可以在那些哥特人的中间探听他的所在。你对他说我要见见他，叫他把军队就地驻扎，带几位最高贵的哥特王子到我家里来参加宴会；告诉他皇帝和皇后也要出席的。请你看在我们兄弟的情分上，替我走这一遭；要是他关心他的老父的生命，让他赶快来吧。

玛克斯 我就去见他，一会儿就回来的。（*下。*）

塔摩拉 现在我要带着我的两个助手，替你干事情去了。

泰特斯 不，不，叫强奸和暗杀留在这儿陪伴我；否则我要叫我的兄弟回来，一心一意让路歇斯替我复仇，不敢再有劳你了。

塔摩拉 （*向二子旁白*）你们怎么说，孩子们？你们愿意暂时留在这儿，让我一个人去告诉皇上，我们怎样开这场玩笑吗？敷衍敷衍他，一切奉承他的意思，用好话把他哄住了，等我回来再说。

泰特斯 （*旁白*）我全都认识他们，虽然他们以为我疯了；他们想用诡计愚弄我，我就将计就计，把他们摆布一下，这一对该死的恶狗和他们的老母狗！

狄米特律斯 （向塔摩拉旁白）母亲，你去吧；让我们留在这儿。

塔摩拉 再会，安德洛尼克斯；复仇女神现在去安排妙计，把你的仇敌诱下罗网。（下。）

泰特斯 我知道你会替我出力的；亲爱的复仇女神，再会吧！

契伦 告诉我们，老人家，你要我们干些什么事？

泰特斯 嘿！我要叫你们做的事多着呢。坡勃律斯，出来！卡厄斯！凡伦丁！

坡勃律斯及余人等上。

坡勃律斯 您有什么吩咐？

泰特斯 你们认识这两个人吗？

坡勃律斯 我认识这两个就是皇后的儿子，契伦和狄米特律斯。

泰特斯 不，坡勃律斯，不！你完全弄错了。这一个是暗杀，那一个名叫强奸；所以把他们绑起来吧，好坡勃律斯；卡厄斯和凡伦丁，抓住他们。你们常常听见我说，希望有这一天，现在这一天居然来到了。把他们缚得牢牢的，要是他们嚷叫起来，把他们的嘴也给塞住。（泰特斯下；坡勃律斯等捉契伦、狄米特律斯二人。）

契伦 混蛋，住手！我们是皇后的儿子。

坡勃律斯 所以我们奉命把你们绑缚起来。塞住他们的嘴，别让他们说一句话。把他绑好了吗？千万把他绑紧了。

泰特斯率拉维妮娅重上；拉维妮娅捧盆，泰特斯持刀。

泰特斯 来，来，拉维妮娅，瞧你的仇人已经绑住了。侄儿们，塞住他们的嘴，别让他们对我说话，我要叫他们听听我有些什么惊心动魄的话要对他们说。契伦，狄米特律斯，你们这两个恶人啊！这儿站着被你们用污泥搅混了的清泉；她本来是一个美好的夏天，却被你们用严冬的霜雪摧残了她的生机。你们杀死了她的丈夫，为了这一个重大的罪恶，她的两个兄弟含冤负屈地被处了死刑，还要害我砍掉了手，给你们取笑。她的娇好的两手、她的舌头，还有比两手和舌头更宝贵的，她的无瑕的贞操，没有人心的奸贼们，都在你们暴力的侵凌之下失去了。假如我让你们说话，你们还有什么话好说？恶贼！你们还好意思哀求饶命吗？听着，狗东西！听我说我要怎样处死你们，我这一只剩下的手还可以割断你们的咽喉，拉维妮娅用她的断臂捧着的那个盆子，就是预备盛放你们罪恶的血液的。你们知道你们的母亲准备到我家里来赴宴，她自称为复仇女神，她以为我是疯了。听着，恶贼们！我要把你们的骨头磨成灰粉，用你们的血把它调成面糊，再把你们这两颗无耻的头颅捣成了肉泥，裹在拌着骨灰的面皮里面做饼馅；叫那淫妇，你们的猪狗般下贱的母亲，吃下她亲生的骨肉。这就是我请她来享用的美宴，这就是她将要饱餐的盛馔；因为你们对待我的女儿太惨酷了，所以我要用惨酷的手段向你们报复。现在伸出你们的头颈来吧。拉维妮娅，来。（割二人咽喉）让他们的血淋在这盆子里；等他们死了以后，我就去把他们的骨头磨成灰粉，用这可憎的血水把它调和了，再把他们这两颗奸恶的头颅放在那面饼里烘焙。来，来，大家助我一臂之力，安排这一场不平常的盛宴。现在把他们抬了进去，我要亲自下厨，料理好这一道点心，等他们的母亲到来。（众抬二尸下。）

第三场　同前。泰特斯家大厅，桌上罗列酒肴

路歇斯、玛克斯及哥特人等上；艾伦镣铐随上。

路歇斯　玛克斯叔父，既然是我父亲的意思，要我到罗马来，我只好遵从他的命令。

哥特人甲　我们也决心追随你，一切听任命运的安排。

路歇斯　好叔父，请您把这野蛮的摩尔人，这狠恶的饿虎，这可恨的魔鬼，带了进去；不要给他吃什么东西，用镣烤锁住了，等那皇后到来，就提他当面对质，叫他证明她的种种奸恶的图谋。再请您看看我们埋伏的人手够不够，我怕那皇帝对我们不怀好意。

艾伦　有一个魔鬼在我的耳边低声咒诅，教唆我的舌头向你们倾吐出我的愤怒的心中的怨毒！

路歇斯　滚开，没有人心的狗！污秽的奴才！朋友们，帮我的叔父把他拖进去。（众哥特人推艾伦下；喇叭声）喇叭的声音报知皇帝就要来了。

萨特尼纳斯及塔摩拉率伊米力斯、元老、护民官及余人等上。

萨特尼纳斯　什么！天上可以有两个太阳吗？

路歇斯　你自称为太阳，有什么用处？

玛克斯　罗马的皇帝，侄儿，请你们暂停辩论；我们必须平心静气，解决彼此间的争端。殷勤的泰特斯已经安排好一席盛宴，希望在杯酒之间，两方面重敦盟好，恢复和平，使罗

马永享安宁的幸福。所以请你们大家过来，各人就座吧。

萨特尼纳斯 玛克斯，那么我就坐下了。（高音笛吹响。）

泰特斯作厨夫装束，拉维妮娅戴面幕，小路歇斯及余人等上。泰特斯捧面饼一盘置桌上。

泰特斯 欢迎，仁慈的皇上；欢迎，尊严的皇后；欢迎，各位英勇的哥特人；欢迎，路歇斯；欢迎，在座的全体嘉宾。虽然我们的酒食非常粗劣，也可以使你们饱醉而归；请随便吃吧，不要客气。

萨特尼纳斯 你为什么打扮成这个样子，安德洛尼克斯？

泰特斯 因为我怕厨夫粗心，烹煮得不合陛下和娘娘的口味，所以才亲自下厨调度一切。

塔摩拉 那真是多谢你了，好安德洛尼克斯。

泰特斯 但愿娘娘知道我这一片赤心。皇上陛下，我要请您替我解决一个问题：那粗卤的维琪涅斯因为他的女儿被人强行奸污，把她亲手杀死[①]，这一件事做得对不对？

萨特尼纳斯 对的，安德洛尼克斯。

泰特斯 请问陛下的理由？

萨特尼纳斯 因为那女儿不该忍辱偷生，使她的父亲在每一回看见她的时候勾起他的怨恨。

泰特斯 一个正当、充分而有力的理由；对于我这最不幸的人，它是一个可以仿效的成例，一个活生生的榜样。死吧，死

①维琪涅斯（Virginius），公元前五世纪时罗马平民，其女维琪妮娅为执政克劳狄厄斯计陷奸污；维琪涅斯不忍视其忍辱偷生之痛苦，亲手将其杀死。

吧，拉维妮娅，让你的耻辱和你同时死去；让你父亲的怨恨也和你的耻辱同归于尽吧！（杀拉维妮娅。）

萨特尼纳斯 你干了什么事啦，你这不慈不爱的父亲？

泰特斯 我把她杀了。为了她，我已经把我的眼睛都哭瞎了；我是像维琪涅斯一样伤心的，我有比他多过一千倍的理由，使我下这样的毒手；现在这事情已经干了。

萨特尼纳斯 什么！她也被人奸污了吗？告诉我谁干的事。

泰特斯 请陛下和娘娘吃了这一道粗点。

塔摩拉 为什么你用这样的手段杀死你独生的女儿？

泰特斯 杀死她的不是我，是契伦和狄米特律斯；他们奸污了她，割去了她的舌头；是他们，是他们害她落得这样一个结果。

萨特尼纳斯 快去把他们立刻抓来见我。

泰特斯 嘿，他们就在这盘子里头，那烘烤在这面饼里的就是他们的骨肉；他们的母亲刚才吃得津津有味的，也就是她自己亲生的儿子。这是真的，这是真的；我的锋利的刀尖可以为我作见证。（杀塔摩拉。）

萨特尼纳斯 疯子，你这样的行为死有余辜！（杀泰特斯。）

路歇斯 做儿子的忍心看着他的父亲流血吗？冤冤相报，有命抵命！（杀萨特尼纳斯；大骚乱，众慌乱走散；玛克斯、路歇斯及其党羽登上露台。）

玛克斯 你们这些满面愁容的人们，罗马的人民和子孙，巨大的变乱使你们分裂离散，像一群惊惶的禽鸟，在暴风中四散飞逃；啊！让我教你们怎样把这一束散乱的禾秆重新集合起来，把这些零落的肢体团结为完整的全身；否则罗马将要自招灭亡的灾祸，那曾经为强大的列国所敬礼的名城，将要像一个日暮途穷的破落汉一样，卑怯地结束她自己的生命了。可是我的僵硬的手势和衰老的口才，这些饱经沧桑的真实的见证，倘不能引诱你们倾听我的言语，（向路歇斯）那么说吧，罗马的亲爱的友人，正像当年我们的先祖[①]用他那严肃的口气，向害着相思的狄多叙述那些狡猾的希腊人偷进特洛亚城那一个悲惨的大火之夜的故事一样；告诉我们是什么奸人迷惑了我们的耳朵，是谁把那致命的祸根引入罗马，使我们的国本受到这样的伤害。我的心不是铁石打成的。我也不能向你们尽情吐露我们全部悲哀的历史，也许就在我最需要你们同情的倾听的时候，滔滔的热泪将会打断我的叙述。这儿是一位大将，让他告诉你们吧；你们听他说了以后，你们的心将要怔忡跳动，你们的眼眶里将要泪如雨下。

路歇斯 那么，高贵的听众，让我告诉你们知道，那万恶的契伦和狄米特律斯便是杀害我们这位皇帝的兄弟的凶手，也就是奸污我的妹妹的暴徒。为了他们重大的罪恶，我的两个兄弟冤遭不白，身首异处；他们不但把我父亲的涕泣陈请置之不顾，而且还用卑鄙的手段，骗诱他砍掉了他那曾经为罗马奋勇作战、把她的敌人送下坟墓去的忠诚的手。最后，我自己也遭到他们无情的放逐，他们把我摈出国门，让我含着满眶的眼泪，向罗马的敌人呼吁求援；我的敌人们被我的真诚的哀泣所感动，捐弃了旧日的嫌恨，伸开他

① “我们的先祖“即埃涅阿斯；埃涅阿斯为特洛亚之后人，相传为罗马之建立者。

们的两臂拥抱我，把我认作他们的友人。你们要知道，我这为祖国所不容的人，却曾用热血保卫了她的安全，拼着自己不顾一切的身体，挡开了那对准她的胸前的敌人的兵刃。唉！你们知道我不是一个喜欢自夸的人；我的疤痕虽然不会说话，它们却可以为我证明我的话是真实不虚的。可是且慢！我想我这样称扬自己的不足道的功绩，未免离题太远了；啊！请你们恕我；当没有朋友在他们身旁的时候，人们只好为自己宣传。

玛克斯 现在应该轮到我说话了。瞧这孩子吧，这是塔摩拉跟一个不信宗教的摩尔人私通所生的，那摩尔人也就是策动这些惨剧的罪魁祸首。这恶贼虽然罪该万死，为了留着他做一个见证起见，还留在泰特斯的屋子里，没有把他杀掉。现在请你们评判评判，泰特斯遭到这样无可言喻、超过一切忍耐的限度、任何人所受不了的创巨痛深的损害，是不是应该有今天的报复？你们现在已经听到全部事实的真相了，诸位罗马人，你们怎么说？要是我们有什么事情做错了，请你们指出我们的错误，我们这两个安德洛尼克斯家仅存的硕果，愿意从你们现在看见我们所站的地方，手搀着手纵身跳下，在粗硬的顽石上把我们的脑浆砸碎，终结我们这一家的命运。说吧，罗马人，说吧！要是你们说我们必须如此，瞧哪！路歇斯跟我就可以当着你们的面前倒下。

伊米力斯 下来，下来，可尊敬的罗马人，轻轻地搀着我们的皇上下来；路歇斯是我们的皇帝，因为我知道这是罗马人民一致的呼声。

众罗马人 路歇斯万岁！罗马的尊严的皇帝！

玛克斯 （向从者）到老泰特斯的悲惨的屋子里去，把那不信神明的摩尔人抓来，让我们判决他一个最可怕的死刑，惩罚他那作恶多端的一生。（侍从等下。）

路歇斯、玛克斯及余人等自露台走下。

众罗马人 路歇斯万岁！罗马的仁慈的统治者！

路歇斯 谢谢你们，善良的罗马人；但愿我即位以后，能够治愈罗马的创伤，拭去她的悲痛的回忆！可是，善良的人民，请你们容我片刻的时间，因为天性之情驱使我履行一件悲哀的任务。大家站远些；可是叔父，您过来吧，让我们向这尸体挥洒我们诀别的眼泪。啊！让这热烈的一吻留在你这惨白冰冷的唇上，（吻泰特斯）让这些悲哀的泪点留在你这血污的脸上吧，这是你的儿子对你的最后敬礼了！

玛克斯 含着满眶的热泪，你的兄弟玛克斯也来吻一吻你的嘴唇；啊！要是我必须给你流不完的泪、无穷尽的吻，我也决不吝惜。

路歇斯 过来，孩子；来，来，学学我们的样子，在泪雨之中融化了吧。你的爷爷是十分爱你的：好多次他抱着你在他的膝上跳跃，唱歌催你入睡，他的慈爱的胸脯作你的枕头；他曾经给你讲许多小孩子所应该知道的事情；所以你要像一个孝顺的孩子似的，从你幼稚的灵泉里洒下几滴小小的泪珠来，因为这是天性的至情所必需的；心心相系的人，在悲哀之中必然会发出同情的共鸣。向他告别，送他下了坟墓；尽了这一次最后的情谊，从此你就和他人天永别了。

小路歇斯 啊，爷爷，爷爷！要是您能够死而复活，我真愿意让自己死去。主啊！我哭得不能向他说话；一张开嘴，我的眼泪就会把我噎住。

侍从等押艾伦重上。

罗马人甲 安德洛尼克斯家不幸的后人，停止了你们的悲哀吧；这可恶的奸贼一手造成了这些惨事，快把他宣判定罪。

路歇斯 把他齐胸埋在泥土里，让他活活饿死；尽他站在那儿叫骂哭喊，不准给他一点食物；谁要是怜悯他救济他，也要受死刑的处分。这是我们的判决，剩几个人在这儿替他掘下泥坑，放他进去。

艾伦 啊！为什么把怒气藏在胸头，隐忍不发呢？我不是小孩子，你们以为我会用卑怯的祷告，忏悔我所作的恶事吗？要是我能够随心所欲，我要做一万件比我曾经做过的更恶的恶事；要是在我一生之中，我曾经作过一件善事，我要从心底里深深懊悔。

路歇斯 这位已故的皇帝，请几位他生前的好友把他抬出去，替他埋葬在他父皇的坟墓里。我的父亲和拉维妮娅将要在我们的家墓之中立刻下葬。至于那头狠毒的雌虎塔摩拉，任何葬礼都不准举行，谁也不准为她服丧志哀，也不准为她鸣响丧钟；把她的尸体丢在旷野里，听凭野兽猛禽的咬啄。她的一生像野兽一样不知怜悯，所以她也不应该得到我们的怜悯。那万恶的摩尔人艾伦，必须受到他应得的惩罚，因为他是造成我们这一切惨事的祸根。

从今起惩前毖后，把政事重新整顿，
不要让女色谗言，动摇了邦基国本。（同下）